A LIGHTNING ATTACK
TO MY HEART
僕らの春は稲妻のように
鏡遊
illust. 藤真拓哉

「ちょっと、わたしと
結婚してみない？」

「わたしの過去の男関係、
身体に訊いてみたら？」

あったかいから薄着で
来たの、失敗だったなあ

うわぁ・・・・・・・
下着まで濡れちゃってる。

CONTETNTS

A LIGHTNING ATTACK
TO MY HEART

僕らの春は稲妻のように

鏡遊

MF文庫J

口絵・本文イラスト●藤真拓哉

僕らの春は稲妻のように

A LIGHTNING ATTACK
TO MY HEART

プロローグ

僕と彼女にキスはいらない。

身体《からだ》を寄せ合えば、トクントクンと彼女の鼓動が聞こえてくる。

それだけで、よかった。


「わたし、ずっと探してる」

「なにを？」

「世界で一番、綺麗《きれい》な場所」

「ロマンだなあ。そんなところ見つけて、どうするんだ？」

「決まってる――そこで誓うんだよ」

「……僕は今、ここで誓ってもいいよ」

「だったら、ここがゴールだね。まるで、メーテルリンクの『青い鳥』だ」


それだけで、よかったのに――

ゴールに辿《たど》り着《つ》かなくてもよかったのに。

僕に父親がいると判明したのは、中学一年の冬だった。

クローンでもホムンクルスでもないのだから、父親は存在するに決まっているが。

ただ、物心ついた頃から父と呼ばれる存在が家庭にいなかっただけだ。

ずっと母親との二人暮らし。

母は、父親については「パパはミートパイにしてやったわ」などと、わけのわからない供述をしていた。

子供の頃はしつこく訊《き》いてたが、分別がついた今なら「父はクソ野郎だったんだろう」と察することができる。

母との慎《つつ》ましい暮らしに大きな不満はなく、僕は十四歳の春を迎えた。

四月四日、十四歳の誕生日――

僕、灰瀬《はいせ》譲《ゆずる》は、横浜《よこはま》駅近くの高級ホテルにいた。

母が奮発《ふんぱつ》して、誕生日に高級ディナーをごちそうしてくれるわけじゃない。

いや、高級ディナーは待っているらしいが――目的は別にある。

「こんなとこ、初めてだ」

僕はホテルの出入り口から中に入って、ぼそりとつぶやいた。

ホテルのロビーは吹き抜けになっていて、正面に幅広の立派な階段があり、その横にはエスカレーターもある。

ロビーは豪華でむやみやたらに広く、客の姿も多い。

ほとんどが身なりのいい大人たちで、ラフな服装の中学生は完全に浮いてる。

正直言って引き返したいが、そうもいかない。

本日の目的は父親と会うこと――

ミートパイにされたはずの父親は存命で、このたび感動の再会を迎えることとなった。

母親から詳しい事情は聞いていない。

ただ、父親と会うには段取りが必要だとかで、話を聞いたのは冬なのに、春に季節が変わってしまった。

なんでも、父親は〝やんごとなき家〟の生まれらしい。

庶民の母親との結婚どころか生まれた子供――僕を認知することもできなかったとか。

父親はずっと独身で、他に子供もいないらしいが。

要するに家柄の問題だそうだが、二十一世紀も二〇年以上が過ぎたというのに、信じがたい前時代的な話だ。

今さら認知するのは父親の勝手だけど、僕を巻き込まないでほしい。

いや、僕には〝拒否権〟があった。少なくとも、母はそう言っていた。

会いたいか会いたくないかで言えば、答えは後者。

ただ――父に会ったところで、死ぬわけじゃない。

僕が行動する際の指標というか、方針というか。

重大なことでも、「別に死ぬわけじゃないし」と思えばたいていのことは実行できる。

学校をサボったところで死なない、試験で悪い点を取ったからって死ぬわけじゃない。

そう考えれば、多少の悪いことがあっても、落ち込まずに済む。

楽天的かもしれないが、自分を追い詰めるよりはマシだろう。

もちろん、父親と対面して――もし父が失望するような男だったとしても、僕の生死にはなんの関わりもない。

だから、こうして僕はここにいる。

まあ、単純に物事を決めているといずれ痛い目に遭うかもしれないが。

そんな危なっかしい僕を産み育《はぐく》んだ母とは、ホテルで直接待ち合わせだ。

場違いな僕が、きょろきょろと豪華なロビーを見回していると――


「もう終わったことじゃないですか」

凛《りん》、と透き通った声が響いた。

客で混雑しているロビーはざわざわと騒がしい。

なのに、その声はざわめきを貫いて、矢のように僕の耳へと届いた。

「…………」

僕から、十メートルほど離れたところに女の子が一人いた。

「わたしには、もう関係のないことです」

透き通るように色素の薄い、サラサラした長い髪。

すっきりと整った目鼻立ちをしていて、顔は小さい。

身体《からだ》つきはひどく華奢《きゃしゃ》で、すらりとした長身だ。

モデルのよう――というか、モデルなんじゃないだろうか？

間違いなく、一七〇センチ以上はありそう。

服装はカジュアルな白の膝丈ワンピース。

今日はあたたかいが、肩にピンクのショールを羽織っている。

「…………」

僕は、馬鹿みたいにその女の子を見つめてしまう。

彼女はただ外見が上品なだけでなく、立っているだけで周りを圧倒するようなオーラを漂わせている。

「おい、ふざけるなよ。勝手に終わらせられちゃ困るんだよ」

「近づかないでください」

無礼者！と一喝《いっかつ》するんじゃないかと、思ってしまった。

お嬢様――いや、お姫様のような高貴さを感じさせるが、さすがにそんな時代がかった台詞《せりふ》は言わなかった。

僕の妄想はともかく、どこかの綺麗《きれい》なお姉さんが男に詰め寄られている。

「わたしは、もう決めたんです。なにを言われても答えは変わりません」

なんの話かわからないが――

彼女は、物事を消極的にしか決められない僕とはまるで違う。

一つの迷いもなく、正しい選択肢を選べそうな、毅然《きぜん》としたたたずまい――

「冗談じゃねぇぞ。こっちの都合もあるってわかってるか？」

男のほうも、彼女に怯《ひる》まずにまだ詰め寄っている。

この男もまだ若い――たぶん高校生くらいじゃないだろうか？

お姉さんは二〇歳くらいだろうけど、見た目は釣り合わない感じではない。

男のほうは髪を茶色に染めて、仕立てのよさそうなスーツ姿。

こちらも背が高いので、スーツがよく似合っている。

「ですから、お断りを入れてから時間をかけて納得していただいたはずです」

「この話はお遊びじゃねぇんだ。タダじゃ済まないってことくらいわかってるよな？」

「もう気づいてるんじゃないんですか？　わたしには、怖いものはありません」

しかし、ずいぶんとズバズバものを言うな。

「くっそ……見た目の割に、本当におまえって女はよお……！」

男がお姉さんの細い手首を掴《つか》み、ぐっと力を入れるのがわかった。

その瞬間――

「もういいんじゃないですか」

「…………っ」

「…………？」

男のほうは素早く僕のほうを振り向いて。

お姉さんのほうは、不思議そうに首を傾《かし》げた。

気がつけば、僕はお姉さんと男の間に割って入ってしまっていた――

「もういいでしょ、お兄さん。人前でみっともないですよ」

「……なんだ？　おまえ、誰だよ？」

「誰でもいいでしょう。これ以上は見るに堪《た》えないんで」

僕は、長年母を放っておいた男の存在を知ったばかりだ。

不実そうな男を見ると、わけもなくイラついてしまう。

また、僕の悪いクセが出てしまった。

男のほうはチンピラのようだが、こんな衆人環視の中で僕を殺しはしないだろう。

死ぬわけじゃないなら、見るに堪えないこのチンピラを止めたほうがいい。

「引っ込んでろ。見たくないなら見てんじゃねぇよ、クソガキが」

「服の仕立ては上等なのに、中身が下品だと台無しだなあ」

「あぁ!?」

「あははははっ」

お姉さんが、口元を押さえておかしそうに笑い始めた。

「うんうん、そのとおり」

「………っ!?」

突然、お姉さんが僕の隣に並ぶと。

さっ、と僕の腕を抱え込むようにした。

身長差があるので僕が持ち上げられるような格好に——こっちは残念ながら一六〇センチもない。

お姉さんの胸も僕の腕じゃなくて肩のあたりに当たってる——って、そうじゃなくて、なんでいきなりこんなことを？

「あの、お姉さ——」

「この人、わたしの婚約者だから！」

「え!?」

「いや、そのガキ『え!?』とか言ってるじゃねぇか！　無理があるだろ！」

「わたしの場合、無理がないことはあなたも知ってるはずですよ」

「…………っ」

男は、ぐぬぬと悔しがっている。

どうも、一方的に男のほうが優位に立ってるような関係でもなさそうだ。

「そういうわけだから、あなたはお引き取り願えますか？　穏便に事が済むうちに」

「……勝手にしろ。けどな、これで済んだと思うなよ」

男はわかりやすい捨《す》て台詞《ぜりふ》を吐くと、くるりと背中を向けてホテルから出て行った。

「そう言われたら、これで済んだことにしたくなるね」

「……よかったんですか？」

「ねえねえ、ちょっと来て」

ずいっ、とお姉さんが僕の顔を覗《のぞ》き込《こ》むようにして言った。

それから、僕の手を掴《つか》むとすたすたと歩いて行く。

今さらになって気づいたけど、僕らは周りの注目を集めてしまっていたらしい。

お姉さんは、とりあえずこの場を離れることにしたようだ。

ロビーの隅、太い柱の陰まで来ると——

「ありがと、助かったよ」

「え？」

「見たとおり、強引な人で。君が助けてくれなかったら、どうなってたことか」

「あの人もこんな人前で暴れたりはしないでしょ」

「いい声してるね、君」

「は？」

いきなり話が変わるな、この人。

「びっくりしちゃった。声もいいし、リズムもいい。トレーニングとか受けてるの？」

「いいえ、全然」

僕は思わずそっぽを向いて、首を振った。

「ん、声のことはあまり言われたくない？」

「別に、そんなことは……」

「あるんだね」

「まあ、『女性声優が少年役を演じてるみたいな声』って言われたことなら。これ、悪口ですかね」

僕は既に声変わりは済んでいるが、どうも特徴的な声をしてるらしい。

「あはは、わたしは好きだよ、その声」

「ど、どうも……」

美人のお姉さんに〝好き〟とかストレートに言われるとさすがに照れる。

「ところでさ、君。時間はある？」

「え？」

そうだった、僕は父親と感動の対面を果たすためにこのホテルに来たんだった。

「時間は……そんなにありません」

「そっか、じゃあ手短に済ませよう」

「済ませるってなにをですか？」

「わたしね、嘘《うそ》は嫌いなの」

お姉さんは、にっこりと笑い、ショールを翻《ひるがえ》しながら僕の前に身体《からだ》を寄せてきて――

「ちょっと、わたしと結婚してみない？」

1　私の恋は猛スピードだから

目が覚めると、明るい光が差し込んでいた。

天使がお迎えに来たのか――？

そう疑ってしまうくらい、イヤガラセのように強烈な光がベッドを照らしている。

カーテンがない部屋は、朝になるとまぶしくて仕方がない。

この部屋に元からついていたカーテンは上品なベージュで、僕は大変気に入らなかった。

贅沢《ぜいたく》は言わないが、カーテンの色だけはどうしても譲れない。

貯金をはたいて注文した濃いブラウンのカーテンは、まだ届かない。

ただ、真新しいベッドの寝心地《ねごこち》がいいので、朝陽《あさひ》に負けずに眠れそうだ。

ここ最近で得た学びの一つは、〝寝具には金をかけろ〟だ。

人生の三分の一は睡眠らしいし、真っ当な意見だろう。

朝陽から目を背けて、この寝心地のいいベッドでいつまでもゴロゴロしていたい。

「おはよう」

「…………」

「おはよう、よく寝てたね」

「…………………」

ベッドの横に椅子があり、そこにお姉さんが座っていた。

色素の薄いロングヘア、ほっそりした身体《からだ》、肩に羽織ったショールとワンピース。

朝陽《あさひ》を浴びているお姉さんは、まるで後光が差しているかのような——

「ちゃんと挨拶はしようよ。親しい仲にも礼儀は必要だから」

「……おはようございます。僕、あなたと親しいんでしたっけ？」

「そりゃそうでしょ。だって——」

すうっ、とお姉さんがベッドの枕元に顔を寄せてくる。

「君はわたしと結婚したんだから」


「…………っ！」

ぱっ、と目を開けた。

夢だと気づいて強制的に脳を起動させたような——自分にそんな器用なマネができるとは知らなかったけど。

今度こそ、目が覚めた。

部屋の窓にはカーテンがなくて、まぶしい光が差し込んでいる。

カーテンを新しく注文しているのは現実だ。

謎のお姉さんと結婚して、彼女がベッドのそばにいたのは妄想だ。

「でも結婚してるなら、一緒に寝てるもんじゃないのか？」

いや、別にお姉さんと同衾《どうきん》したいわけじゃない。

寝たくないこともないが、現実離れしすぎていて妄想しきれなかったのか。

「でも、変にディテールがくっきりしてたなあ……」

一度会っただけのお姉さんなのに。

しかも、謎すぎた結婚の申し込みの直後に母さんから連絡が来て。

それをいいことに、僕は逃げ出してしまった。

だって、いきなり結婚を申し込んでくる美人なんて、存在そのものが詐欺だろう？

「…………っ」

僕は大きく首を横に振って、謎のお姉さんの記憶を追い払う。

結婚とか、僕にはあまりにも無縁すぎる。

年齢的な意味でも、あの人が高嶺《たかね》の花という意味でも。

僕はベッドから下りて、カーテンのない窓の前に立つ。

カーテンのない窓、ちょっと詩的かもしれない。

僕も普通の中学生ではあるので、ポエティックなことへの憧れはある。

「うわ……」

僕は、ささっと後ずさって窓から離れた。

まだ慣れない新居から眺める景色は、正直ゾッとする。

だってここ、タワマンの四十二階だから。

はっきり言って、僕は高いところが苦手だ。

高所恐怖症は、別に恥ずかしくはない。

四十二階——一六五メートルの高さから落ちたら一〇〇パー死ぬんだから、恐怖を感じるのは当然だ。

のんきに「いい景色だ～」なんて喜べるほうが生物として不自然じゃないか？

このタワマンの部屋は、父が僕ら母子に与えたものだ。

直前にトラブルはあったものの、僕と父との感動の対面は無事に行われた。

でも正直なところ、拍子抜けするほど何事もなく終わった感はある。

少なくとも、父が夢に出てくるような強烈なインパクトはなかった。

父との対面イベントは、早くも記憶が薄れつつあるが、なんとか思い出すと——

父親との対面は、あっさりしたものだった。

天条寺貴晴《てんじょうじたかはる》というどこか古めかしい名の父は、どこにでもいそうな、ごく普通の中年男だった。

やんごとない一族というから、どんなに高飛車《たかびしゃ》で封建制を引きずった時代錯誤な男が出てくるかと思っていたのに。

「譲《ゆずる》くん、今日はわざわざ出向いてもらってすまないな」

父の第一声は、こんな謝罪だった。

物腰は柔らかく、僕のことを〝譲くん〟と呼び、母のこともさん付けだった。

想像とはまったく違い、むしろまともすぎるほどの人に思えた。

母が父のことを多く語らなかったのは、ツンデレ表現だったのでは？

ただ、僕が息子として認知されただけで、父と母が結婚するわけではないらしい。

中学生には想像がつかない、大人同士の事情があるんだろう。

食事をしながら、僕の中学生活や母の仕事についての会話が続いたのだが。

不意に父は、僕を見ながら涙をこぼした。

「あ、すまない。いや、なんというか……無事に育ってくれたんだなあと」

「はぁ……」

ずっと会っていなかった息子の成長に感動するのはわからないでもない。

でも、泣くほどのことだろうか？

「何事もなく平穏無事に、ってわけでもなかったけどね」

「…………っ」

ぼそりと母がつぶやき、父はぎょっとした。

確かに今の僕は元気ではあるが、ここまで何事もなかったわけではない。

「まー、まだまだヤンチャをやらかす歳《とし》だけど、あまり無茶《むちゃ》はしないようにね」

「わかってるよ」

母が隣の席から手を伸ばして、僕の頭をぐしゃぐしゃと撫《な》でてきた。

父は、そんな僕ら母子を嬉《うれ》しそうに見つめて、うんうんと頷《うなず》いている。

やはり、父は悪い人間ではなく——むしろ好人物なのだろう。

それを確認できただけで、この対面にも意味があったのかもしれない。


そんな父との対面後、僕の生活に大きな変化が起きた。

僕は、その天条寺《てんじょうじ》という高貴であらせられる一族の一員として認められたわけだ。

セキュリティ上の問題があるため、警備体制がしっかりしたマンションに引っ越し、さらに私立の中学に転校してほしい——

父から出された要望は、その二つだった。

まあ、〝月に一回は親子三人で食事〟なんてものもあるけど、それはたいしたことじゃない。

僕の家は2LDKの古いアパートで、通っている中学もごく普通の公立だった。

どちらもセキュリティに不安を感じたことはない。

というか、僕らって狙われる可能性があるの？と、ちょっと怖いような。

もしかしたら死ぬかもしれない、と考えると引っ越しもやむなしだ。

父親に言わせると〝万が一に備えて〟らしい。

母親の安全という意味でも、拒否もしづらい。

父が提示してきたのはいかにも高級そうな新築タワーマンションで、快適な生活に興味がないと言ったら嘘《うそ》になる。

元の家から引っ越し先のマンションまでは電車で三〇分ほど、横浜《よこはま》駅のそば。

とんでもなく遠方への引っ越しだったら、もうちょっと迷っただろうが……。

母との相談の結果、引っ越しも転校も受け入れることにした。

転校はまあ——割とどうでもいいというか、今の中学にたいして未練はなかった。

僕はあまり、学校で深い人間関係を築かずにいたからだ。

友達をつくっても、死ぬまで一緒というわけでもないし。

適度に付き合う知人がクラスに数人いればいい、くらいの考えだった。

親しい友人がいなかったのは、そんな考え方に原因があるのかもしれない。

結局のところ、中学が変わったところで死ぬわけでもない――というのが転校を受け入れた理由かも。

編入試験は普通に受けることになったが、そちらは学力的な意味ではどうにでもなる。

引っ越しは業者任せであっという間に終わり――

転校も、いかなる力が働いたのかあっさりすべての手続きが終了して。

父との対面から、約一ヶ月《かげつ》後。

カーテンのない部屋で目覚めている僕は、既に新しい学校に通っている。

五月のGW《ゴールデンウィーク》明けに、僕は私立〝真道《しんどう》学院中等部〟の生徒になったのだ。


新しい中学の制服はよくあるタイプで、濃紺ブレザーに白シャツ、ネクタイ、ズボン。

女子も濃紺のブレザーに白ブラウス、赤いリボン。それにグレーのミニスカート。

ただ、五月になってあたたかくなってきた今、ほとんどの生徒が上着は無しでスクールセーターだけ着ている。

郷《ごう》に入っては郷に従えということで、僕もおとなしめのベージュのセーターを着用した。

そんな、真道学院に転入して三日が経《た》って。

昼休み――僕は学校の屋上にいた。

真道学院は珍しいことに、屋上が生徒に開放されている。

二メートル以上あるフェンスがぐるりと張り巡らされていて、安全性も充分。

高いところが嫌いな僕も安心できる。

本気で早まりそうな生徒を止めるなら、フェンスの上に有刺鉄線が必要かもしれない。

あとは、高圧電流も流せば完璧だ。

足元には人工芝が敷き詰められ、ベンチやテーブルもいくつか並んでいる。

屋上庭園という感じで、まさに憩いの場だ。

外で過ごすにはちょうどいい時季なので、昼休みになると生徒たちでにぎわう。

一方、僕はフェンス際に並ぶベンチの一つに座り、もぐもぐとパンを頬張《ほおば》り、思い出したようにペットボトルのコーヒーを飲んでいる。

「あ、灰瀬《はいせ》くん、こんなところにいたんですか！」

僕に話しかけてきたのは、黒髪お下げで眼鏡の女子生徒。

絵に描いたような委員長タイプで、イメージを裏切らずクラス委員長だ。

「委員長、今からお昼？　もうすぐ昼休み終わりだよ？」

「いえ、灰瀬くんが教室にいなかったので。もしかすると、ここかと」

委員長は風に揺れるスカートを押さえながら、怪訝《けげん》な顔をしている。

「お昼になると、いつもどこかに行ってると思ったら。教室で食べないんですか？」

「まだ友達いないし、一人でパン食べてたら教室の空気悪くなるんじゃない？」

「そ、それは……」

しまった、親切な委員長を困らせちゃったか。それは本意じゃない。

「あ、購買で売ってるパン、美味《うま》いね。その辺の惣菜《そうざい》パンとか菓子パンじゃないんだな」

「ええ、学校が契約してるパン屋さんから仕入れて——いえ、そんなことより。灰瀬《はいせ》くん、まだウチの学校に慣れませんか？」

委員長は、転校したばかりでぼっちになっている僕を心配して来てくれたようだ。

「まだ三日だからなあ。でも、大丈夫。公立でも私立でも同じようなもんだし」

「そ、そうなんですか。割と頑張らないと入れない学校なんですけど」

委員長は、若干引いているらしい。

物言いには気をつけたほうがいいかも。

「別にウチは特別な学校でもない、というのはそのとおりだろう」

「なんだ、あなたも来たんですか？」

「俺も委員長だからな。転校生を放っておくほど無責任じゃない」

新たに現れた男子生徒のほうも委員長。

丁寧に撫《な》でつけた黒髪に眼鏡という、これも絵に描いたような優等生タイプだ。

クラス委員長は男女二人で、僕のクラスはなんと双子の男女だ。

双子が同じクラスになるのは珍しいが、たぶんクラスは成績で決まってるんだろう。

ちなみに姉と弟だそうだ。

男女の双子は二卵性にもかかわらず、この二人は顔も似てる。

姉弟《きょうだい》二人とも地味ながら整った顔立ちだ。

ただ、どうもどこかで見覚えのある顔なのだが――

似ている芸能人でもいただろうか、というのが転校以来の僕の悩みだ。

「灰瀬、屋上で食べるのはいいが、適当に誰か誘えよ。だいたい誰でも応じてくれると思うぞ？　みんな、転校生には興味持ってるし」

「そっか、心配させたならごめん。いつも屋上に来てるからって、唐突にフェンス乗り越えて飛び降りたりはしないから」

「そ、そんなことは心配してませんが！」

委員長姉のほうが、珍獣を見る目を向けてくる。

「やっぱり変わってるな、灰瀬。俺たちは変わったヤツは嫌いじゃない。友達に立候補なんてウザいことは言わないが、昼飯くらいはいくらでも付き合うぞ」

「ええ、弟も一緒というのが引っかかりますが――一緒にお昼食べましょう」

この委員長ツインズは、徹底したお人好《ひとよ》しらしい。

僕は礼を言って、彼らの提案を受け入れることにした。

彼らと一緒に昼食を食べても、もちろん死ぬわけじゃないんだから。

転校生としては彼らの手助けはありがたいし、できるだけ愛想《あいそ》良くしていよう。

委員長ツインズは、仕事があるらしく、屋上から出ていった。

忙しい中を縫って、僕の面倒を見に来るとは本当に親切だ。

他の生徒も屋上から次々と去って行く。

もうすぐ昼休みも終わりだ。

周りがいなくなったのを確認して、僕はベンチに横になって目を閉じる。

別に授業をサボるつもりはない。ギリギリまで寝転んでいたいだけだ。

「はぁ……」

家庭の事情で環境が激変して、少しばかり疲れているだけだ。

大きな変化はあったような、特にないような。

転校という選択肢が間違ってたとは思わないが——

「こんな気持ちいい屋上で寝てたら、目が覚めなくなるかもね」

「………？」

寝転んだまま目を開けると。

真っ白な、まぶしい太ももが目に入った。

風でふわふわとスカートの裾が乱れて、その奥が見えそうになっている。

いつの間にか、ベンチの横に女子生徒が一人現れていた。

「もうチャイム鳴るよ、灰瀬譲くん」

「………………」

僕はベンチに寝転んだまま、その女子生徒を見上げる。

スカートの中はギリギリ見えないし、このままでもいいだろう。

色素の薄い髪は長く、頭の左側に髪をまとめたお団子がいいアクセントになっている。

白ブラウスに濃紺のスクールセーター、グレーのミニスカート。

スカートの裾は、まだひらひらと風に揺れていて。

黒のリュックを背負い、そのサイドには黒い熊と白熊の小さなぬいぐるみが付いてる。

「灰瀬《はいせ》くん、まだ寝てる？　親切に起こしてあげたんだけど」

「起きてる。いや、僕、やっぱまだ寝てる？」

今日の朝、見た夢と似てる。

まぶしいのは朝陽《あさひ》じゃなくて太ももで。

そばにいるのは、謎のお姉さんじゃなくて――制服を着た謎のお姉さんだ。

一七〇センチを超えるであろう身長、大人びた顔、大人びた表情。

すらりとしていながら、肉づきのいい太もも。

ギリギリまで短くしたスカートから伸びる脚は、夢とは思えない圧倒的迫力だ。

「えっと、ホテルで会ったお姉さん……だよな？」

「わたし、白河白亜《しらかわはくあ》」

「白河、白亜……」

「お姉さんじゃなくて、君と同じ中学二年」

「えっ、中二!?」

思わず上ずった声が出てしまった。

中学の制服を着ていても、最低でも一つ上、三年生かと思った。

「わたしが中二だと、なにか問題でも？」

「この太ももの肉づきは中二とは――いえ、なんでもないです」

僕はお姉さん……じゃない、同級生に睨《にら》まれたので脚から目を逸《そ》らす。

「とりあえず起きたら？　わたしの脚を見たいなら、座ってても見られるでしょ？」

「そういうわけでは……」

ごにょごにょ言いつつ、僕は身体《からだ》を起こしてベンチに座った。

「ちょっと不安だったんだよね。君、死んだみたいに動かないから、このまま起きないいんじゃないかって」

「眠ってたわけじゃない……いや、そこにいるのに気づきもしなかったな」

「あんまりぐっすり寝てると、天使が迎えに来るよ」

「はぁ？」

「知らない？　〝マタイ、マルコ、ルカとヨハネ、私が眠るベッドにどうかご加護を〟」

「……マザーグースだっけ」

英語の授業で習った記憶がある。

四人の天使が子供が眠るベッドを見守っていて、目が覚めなかったら子供の魂を天国に運んでしまうとかいう――子守歌らしいが、怖すぎる。

「自称天使ですか？　ちょっと痛くないだろうか？」

「中学生だからね、痛いくらいがむしろ普通」

そんな理屈があっていいんだろうか。

「中学生……中学生か」

「なにをお疑いで？　れっきとした中学生だよ、女子中学生。専門用語で言うと、ＪＣ」

「そ、そうなんだ……」

いくらホテルのときより年下に見えても、中学生とは思えない。

長身とスタイルの良さのせいだろうが――顔つきはよく見ると意外と幼いかも。

「ちなみに、君と同じクラスでもあるよ」

「……え？　転校して三日間、教室で見た覚えがないような」

いや待て、そういえば、僕の隣の席が空いていた。

僕の席は廊下側の一番後ろで、そのお隣は単なる空席かと思ってた。

「ホントだって。そんな嘘《うそ》ついても、即バレるじゃん」

「……カバンを持ってるのは、遅刻してきたのか、これから帰るところだったのか？」

「ちょっと、姫様出勤をキメたところ」

「お姫様って出勤するのか？」

要するに遅刻らしいが、僕のイメージではお姫様というのは、もっと勤勉なものだ。

「ホントは今日もお休みにしようかと思ったけど、あんま何日も休むとね。わたしの顔を見られないと、みんな寂しがるから」

「状況はよくわからんが、君が自意識過剰なのはわかった」

これだけ見てくれがよければ、過剰にもなるだろうが。

「三日ほど、家でのんびりしてたんだよ。学校に毎日行かないといけないなんて決まりはないしね」

「僕、真道《しんどう》学院は真面目なお嬢様お坊ちゃんが通う学校かと思ってたよ」

「だいたい合ってるけど？」

わたしは例外、と言いたいらしい。

「ところで、そろそろ種明かしをしてもらえるんだろうか?」

「種明かし?」

「なんで、僕の名前を知ってるのか? あのホテルにいたのは偶然なのか? 僕が転校してきた学校にどうしているのか? どうして中学校に潜り込んでるのか?」

「畳みかけてくるなあ。学年は偽ってないよ」

じゃあ、なにを偽ってるんだろう?

本当になにか偽っていたら怖いので、ツッコまないことにして。

「えーと……白河《しらかわ》さんもここの生徒なら、お金持ちのお嬢様ってわけか」

「話をごまかしたね。まあ、いいけど。白河家は大昔からの名家で、しかも今もお金持ちって珍しい家だよ」

「自分で名家とかお金持ちとか言うかな。白河さん、変わってるな」

「ねえ、真道《しんどう》では同級生なら君付けさん付けじゃなくて全然オッケーなんだよ」

「さっき、僕を君付けで呼んでなかった?」

「わたしには、灰瀬《はいせ》くんは特別だから♡」

彼女はニヤリと笑って、思わせぶりな視線を向けてくる。

落ち着いているかと思ったら、中二らしい表情も見せるようだ。

「二度目の対面で僕が特別になれるなら、白河さん——白河はよっぽどチョロいのかな」

「それはそのとおり」

白河はまた微笑《ほほえ》み、フェンスから離れて僕の前に回り込んでくる。

「白河白亜《はくあ》の恋愛は、いつでも猛スピードだから」


「………………」

思わせぶりになにを言ってるんだろう、この人は。

恋愛が猛スピード……まさか、ビッチって意味じゃないだろう。

「ねえ、灰瀬くん」

「ん？」

「悪いけど、わたしのスピードに付き合ってもらうよ。じゃ、行こうか」

「わっ」

白河はがしっと僕の両手を掴《つか》んで引っ張り、ベンチから強引に立ち上がらせてくる。

「い、行くって……？」

「もちろん、最高にいい気持ちになれる幸せなところだよ」

2　私の居場所を教えたい

授業をサボっても、思わせぶりな同級生に連れ去られても死ぬわけじゃない。

実は僕は真面目な生徒だが、自分の信念に従うことにした。

「まあ、死ぬことはないな。ショットガン持った強盗でも押し入ってこない限り……って、なんでコンビニ!?」

白河《しらかわ》に連れられ、開いていた裏門から出て、徒歩三分。

到着したのは、コンビニだった。

ギャラクシーマート、略してギャラマ。コンビニ大手の一つだ。

僕もよく行く好きなコンビニなんだが、最高にいい気持ちになれるほどじゃない。

「というか、コンビニ行きたいなら一人で行けばよかったんじゃ？」

「わたし、コンビニ入るの三ヶ月《かげつ》ぶりとかなんだよね」

「は!?」

そ、そんな中学生がこの世に存在するのか……。

僕なんて、ほぼ毎日行ってるぞ。場合によっては一日二回。

「真道《しんどう》の生徒って、コンビニにも入らないもんなのか……？」

「普通に入るよ。わたしの家が厳しくて、コンビニでの買い食い、ダメ絶対ってだけ」

「……僕、幻を見てる？　カゴに次々と放り込まれてるこれはいったい？」

白河は嬉《うれ》しそうにコンビニのカゴを持ち、次々とそこに商品を放り込んでいる。

シュークリームにタルト、ケーキ、プリン、ほとんどがスイーツだ。

これを買い食いと言わずして、なんと言う？

「ダメなら買わないなんて良《い》い子ちゃんじゃないから。マリオネットも時々糸を切りたくなるんだよ」

「マリオネットには見えないけどな……」

あれだけ堂々と遅刻しているんだから、良い子ちゃんじゃないのもわかりきってる。

「でも、僕もこんな時間にコンビニ来るの珍しいかも。ちょっと雰囲気違うな」

「そう？　まあ、この辺はけっこう会社とか多いんだよね」

「なるほど。それで、サラリーマンらしい人たちの姿が多いのか」

コンビニに行くなら放課後が多い僕には、ちょっと新鮮かもしれない。

「おにぎりとかサンドイッチで手早く昼食を済ませて、お仕事に戻るわけだね。社畜の鑑《かがみ》だ」

「あまり立派に聞こえないな……」

お昼休みは休まないと、それこそ死んじゃうんじゃないか？

僕的にはオススメできない生き方だ。

「あれ、なんの話だっけ？　わたしが一人で来ればいいのに、だっけ？」

「そこに戻らなくてもいいけどな……」

「だって、灰瀬《はいせ》くん、退屈なのかなと思って」

「退屈？」

「屋上で寝てるよりは、コンビニのほうがマシかなって。え、ダメ？」

「ダ、ダメではない……けど」

白河《しらかわ》は、ただ自分がコンビニに行きたいだけではなかったらしい。

僕が退屈していたかはともかく、教室に行くのに気乗りしなかったのは確かだ。

「コンビニじゃ物足りなかったかな。でも、学校の近くだと他に思いつかなくって」

「い、いや、コンビニでいい。コンビニ、好きだし」

「あ、そうなんだ。よかったー」

にこっと白河が無邪気な笑みを浮かべる。

単にわがままに付き合わされたんじゃないなら、文句も言いにくい。

それに、そんな笑顔を見せられたら……。

「あ、灰瀬くんもほしいの、どんどんカゴに入れていいよ」

「……僕はお昼食べたばかりだし」

CHOCO
CHOCO
CO

とはいえ、コンビニに特に用はないんだよな。

「なんだ、遠慮しなくていいのに」

そう言いつつ、白河《しらかわ》はさらにスイーツをカゴに放り込んでいく。

「ちょっとびっくりだね。見たことないスイーツがいっぱいだ」

「まあ、コンビニは商品の入れ替え激しいからな」

スイーツだけじゃなくて、弁当やおにぎりも次々と新商品が出てくる。

ほぼ毎日コンビニに行ってる僕でも、把握しきれない。

「久しぶりにコンビニ来ると、別のお店みたい。これは長期戦になるね」

「僕ら、学校サボってるんだが？」

そんなに堂々と長期戦をやらかしていいのか？

「あー、ドリンクも全然違う。コラボ商品とかも多いね」

さらに、キャラメルラテに抹茶ラテと飲み物も忘れてない。

そもそも、女子と二人でコンビニ来たのは初めてだ。

なんだろう、この全然なんでもないような、ちょっと特別なような感じ……。

コンビニなんて当たり前の場所すぎて、まったく特別感なんてないはずなのに。

色素の薄い髪、すらりとした長身、短すぎるスカートから伸びる長い脚。

振り向いて嬉《うれ》しそうに新スイーツの発見報告をしてくるたびに、長い髪が揺れて、甘酸っぱい香りが漂う。

さっき会ったばかり——みたいなもの——の女の子と一緒というだけで、僕にとっては見慣れているコンビニが別のお店みたいだ。

おかしいな、チョロいのは僕のほうか？

「というか、いくらなんでも買いすぎじゃないか……？　わっ、スナック菓子までそんなに放り込んだら」

「いいの、いいの。そうだ、アイスも買おう。そろそろアイスも美味《おい》しい時季だよね」

白河は、すたすたとアイスクリームが並ぶボックスの前に立つ。

「あ、ストロベリーチョコクッキーが一個しかない！　しまった、この新作アイス気になってたのに」

「コンビニ行ってないのに、新作アイスはチェックしてたのか」

「基本でしょ。仕方ない、トリプルショコラにしとくか……」

なにが基本なのかさっぱりだし、無理にもう一個買う必要はないのでは。

コンビニの小さめのカゴから物が溢《あふ》れ出《だ》しそうだ。買い物を楽しんでるな……。

「じゃ、お会計——と、今ならいいかな」

白河はレジの前に立つと、周りをきょろきょろ見てから店員さんに向き直った。

「すみません、これちょっと写真撮っていいですか？」

「え？　え、ええ、どうぞ」

店員さんが頷《うなず》くと、白河《しらかわ》は僕にスマホを手渡してきた。

山盛《も》りのカゴと白河をまとめて撮れということらしい。

今は並んでいるお客さんもいないので、迷惑にもならないだろう。

僕はカゴと白河をセットで二枚、カゴのみ一枚撮ってから会計を済ませる。

白河がスマホの電子決済で支払ったが、びっくりするような額だった。

僕がコンビニでこんな金額を使ったら、母から説教一時間コースは確定だろう。

「けっこうな量だなあ」

一応、男子として僕がレジ袋を持って店を出た。

小さめのスイーツばかりでも数が集まれば、意外と馬鹿にならない重さだ。

「白河、わざわざ写真撮ったのはなんだったんだ？」

「〝スレンダーJCがコンビニスイーツ爆買いしてみた〟」

「ネタが弱くないか？」

「なーに、サムネを胸か太もものアップ画像にすれば」

「白河、もしかしてＹｏｕＴｕｂｅｒ？」

「ただの趣味、かな。わたしは世間に顔を出しちゃいけない立場だよ。白河家の令嬢が顔バレしたら、危険だからね」

「冗談でもなさそうだな……よっ、と」

僕は重たいレジ袋を逆の手に持ち直す。

「あ、やっぱ重い？　半分こしよっか」

「え」

白河はレジ袋の取っ手を一つ掴《つか》んできた。

僕と白河で、一つのレジ袋を一緒に持った形になってる。

なんか、これって手を握るより恥ずかしくないか……？

「うん、二人で持てば軽いし、男女平等だし、誰からも文句なしだね」

「…………」

白河のほうは気にならないらしい。

「どうかしたの、灰瀬《はいせ》くん？　顔、赤くない？」

「べ、別に……そうだ、危険で思い出した。あのチンピラ――じゃない、ホテルで白河に絡んでたお兄さんは大丈夫だった？」

「ああ、あのあと一度も会ってないね」

「それならいいけど……」

真っ先にこれを確認するべきだったかもしれない。

謎のお姉さんが制服を着て現れたことに、自分で思ってた以上に動揺してたみたいだ。

「あの男の人って、なにを隠そう、わたしの許嫁」

「い、許嫁《いいなずけ》？」

「そう、許された嫁。嫁になることを許すなのか、嫁になってあげるって意味なのか」

「さあ……？」

許すに婚と書くバージョンもあったが、どちらでも合ってるんだろう。

確か〝当て字〟で、〝嫁〟が入ってるけど男女どちらに使ってもいいんじゃないか。

「文字はともかく……上流階級だと、まだ許嫁なんてものが実在するのか」

「意外とあるみたいよ。特にウチの学校は許嫁いる人、そこそこいるんじゃない？」

「なんて時代錯誤な……って、待った！　許嫁にあんな対応してよかったのか？　僕、余計なことしたんじゃ？」

「あの人には余計だったんじゃない？　わたしと本気で結婚したかったみたいだし」

「……僕、消されるんじゃないか？」

あのスーツの人、身なりはよかったけどチンピラみたいだったからな。

「天条寺《てんじょうじ》に認知されてる灰瀬《はいせ》くんには簡単に手出しできないよ」

「僕のこと、なんでそこまで知ってるんだ……？」

「調べればわかることなんて、重要じゃない。重要なのは灰瀬くんが——灰瀬が見知らぬ女の人を助けてくれるヤツだってこと」

「別に……あのときは消されるとは思わなかっただけだよ」

死にはしないから、お姉さんを助けたというだけ。

「そういうことにしてもいいけど、灰瀬はどっちみちあの人に恨まれることになってたと思うよ」

「は？　なんで……って、わっ!?」

突然、白河《しらかわ》は握っていたレジ袋を引っ張り、僕を引き寄せるようにして。

「わたし、君と結婚することになったから。許嫁になったら逃げられない！」

「……へぇ」

「リアクション薄《うす》っ！　もしかしなくても信じてないね！」

「許嫁とか言われてもな」

あまりにも現実離れしすぎていて、我が事と思うのは無理がある。

「あ、灰瀬。教室には戻れないよね」

「うん？　なんで？」

学校の裏門前に着いていて、白河は脈絡もなくそんなことを言った。

なぜかちょっと困ったような顔をしているが、困らされてるのは僕のほうだが？

「二人で戻ったら、授業サボってなにをしてたんだって噂《うわさ》されちゃう……」

「堂々とサボるくせに、そこが気になるのか？　気にするところ、間違ってないか？」

「あ、でも、大丈夫。うん、白河白亜《しらかわはくあ》の恋愛は、いつでも準備は万全だから」

そう言うと、白河はスカートのポケットからなにかを取り出した。

プラスチックのタグがついた、古びた鍵だった。

タグには手書きのペン文字で〝放送室〟と書かれている。


僕の前の中学にも放送部はあった。

どんな部活動をしていたのかと訊《き》かれたら——さっぱり思いつかない。

教師が生徒や他の教師の呼び出しをしていたけど、放送部はなにをしてたっけ？

まるで思いつかないので、放送部があったという記憶が間違ってるのかも。

「あ、このもちもちクレープ美味《おい》しい。最近、猫も杓子《しやくし》ももちもちしてるけど、これは当たりだ。中の甘いクリームとほろ苦いティラミスがマッチしてるね」

「……それはよかった」

白河は、さっそくレジ袋からスイーツを取り出して食べている。

僕も好きに食べていいとの仰せだが、まずはこの状況の確認だ。

ここは、放送部の部室。

壁際に並んだ放送機材に、ガラス窓の向こうの収録ブース。

ラジオの収録スタジオと基本的には同じ構造らしい。

長テーブルが部屋の中央に置かれ、ブースと反対側の壁際に大きなソファもある。

僕と白河は、そのソファに並んで座っている。

「白河……本当にここ使っていいのか？」

「わたし、放送部員だから大丈夫。部員だから鍵を持ってたんだよ」

「普通、部員だろうと生徒は鍵なんて持てないだろ」

「放送部は特殊な部活だからね。部員が部室を使いやすいようになってるんだよ」

「緊急放送のときに、すぐに部室を使えるようにとか？　嘘《うそ》くさすぎる……」

見たところ、高価そうな機材に、ＰＣなどもある。

こんな部屋を生徒に自由に使わせるわけがないので、白河が不正規な手段で入手したのは間違いない。

「でも、白河が放送部っていうのは意外だな。そもそも部活に入るタイプに見えない」

「真道《しんどう》は部活強制なんだよ。灰瀬《はいせ》も、一ヶ月《かげつ》以内に入部させられるよ」

「へぇ、そうなんだ」

前の中学は部活は任意だったが、強制の学校も珍しくないのは知ってる。

ちなみに、前の中学では帰宅部だった。

「灰瀬《はいせ》も放送部、入る？　たまに先生に頼まれて放送するくらいだから、死ぬほど暇だよ。サボっても他の部員に文句言われることもないし。そもそも、職員室からも全校放送できるしね」

「放送部の存在意義とは」

やはり、ここの放送部も前の中学と似たようなものらしい。

「お昼休みに音楽流したりはしないのか？」

「音楽聴きたきゃ、スマホで聴くでしょ？」

「ごもっとも」

そもそも、音楽に興味のない生徒も多いだろう。

「スマホとかタブレットで動画観《み》てる子も多いしね。わたしはぼーっと音楽聴くだけっていうのも好きだけど」

「ふぅん……」

白河《しらかわ》が放送部に入った理由は、そのあたりか？

「ここの機材使えば、教室の大きいモニターとか、生徒用のタブレットに配信できるんだよね」

「ああ、そういうシステムなのか」

教室前方の壁には、大型モニターが壁掛けになっていた。

教材の映像を流すためのものだが、そういう使い方もあるのか。

タブレット端末を全生徒に配布する学校は珍しくないし、真道《しんどう》では僕も受け取っている。

教科書や問題集がデータで入っているので、重たい実物を持ち運ばないで済むのはありがたい。

「放送部のことはともかく、そろそろ教えてもらえるかな？　転校したばかりで、堂々と授業をサボったんだから少しは得るものがないと」

「……なんの話だっけ？」

「おい」

白河、本気で考え込んでる顔だったぞ。

僕を連れ回したかっただけじゃないだろうな？

「ホテルで会ったこととか、どうして同じ学校なのかとか、どうして僕の名前を知ってるのかとか——どうして僕が白河の許嫁《いいなずけ》なのかって話だよ」

「ああ、ホテルで会ったのも学校が同じなのも偶然じゃない？　ただ——」

白河は、ちらっと僕を意味ありげに見て。

「灰瀬譲《ゆずる》、四月四日生まれ、十四歳」

「え？」

「神奈川県海老名市《かながわけんえびなし》出身、市立北海老名小学校卒、北海老名中学から真道《しんどう》学院中等部に編入。母親は灰瀬理代子《はいせりよこ》。父親は天条寺《てんじょうじ》家当主の貴晴《たかはる》。十四歳で父親が認知。身長一五九センチ、体重五十一キロ。視力一・五。小学四年生時に交通事故による入院歴アリ。既往歴《きおうれき》ナシ、健康状態極めて良好、情緒面にやや難あり」

「待った待った！　な、なんでそこまで知ってるんだ!?」

身長体重視力とか、そんな細かいデータ、いったいどこから!?

情緒面に関してのデータも聞き捨てならない！

「灰瀬、お金さえあれば世の中のたいていのことは知れるんだよ」

「絶対、個人情報ナントカ法に反してるよな……？」

「まさか、今はコンプライアンスが重要な時代だよ？　全部合法的な手段で手に入れたに決まってるじゃん」

「………………」

合法だと、余計に怖い。

お金で黒が白に変わるように法がねじ曲げられてるじゃないか。

「もしかして、僕が白河《しらかわ》の許嫁《いいなずけ》ってガチの話なのか……？」

僕の個人情報が他人に伝わる理由としては、ありえなくない。

家同士で、許嫁の二人の情報共有がされている。

共有されているとしても、僕に白河の情報が伝わってないが。

「天条寺家と白河家の縁談なら、バランスは悪くないね」

「そういう問題じゃない！　勝手にバランスを取られても困る！」

「許嫁って、本人の意思なんてガン無視で進むもんだから」

「この縁談、白河の意思が介在してるように見えるが？」

「灰瀬の意思は無視されてるじゃん」

「そのとおりだな！」

僕も操り人形じゃないんで、勝手に決められても困る。

「そんなに興奮しなくても。わたし、言ったじゃん。〝わたしと結婚しない？〟って」

「……あれを真に受ける人はいないだろ」

衝撃発言の直後に、すぐに母から電話が来て父が待つレストランに向かわなければならなくなった。

それをいいことに、僕は謎のお姉さん――白河から逃げたわけなんだけど。

「わたしは、ウソはつかないんだよ」

「有言実行すればいいってわけでは……」

突然、見知らぬ相手に結婚を申し込んで、許嫁になるっていう事務手続きをこなされても困る。

「上流階級では結婚ってそんな早くに決めることなのか？　僕らはまだ、十四歳だぞ」

「わたしは誕生日まだだから、十三歳」

「なんにしたって、結婚できるのは最短でも五年も先だろ」

「というか、灰瀬《はいせ》はわたしと結婚したくないの？」

「こっちは今日君の名前を知ったばっかりなんで。昨日知ったならともかく、いきなり結婚したいなんて思わない」

「灰瀬はひねくれてるね。でも、なるほど。確かに、お互いを知ることは重要かも」

白河《しらかわ》は、例のカップアイスをぱくりと食べる。

「たとえば、わたしの好物。このストロベリーチョコクッキーアイスだよ」

「それ、さっき初めて買ったって言ってなかったか？」

「本日をもって好物になったってこと。どうぞ」

「ん？」

白河は、カップアイスをスプーンですくって、僕のほうに差し出している。

「…………」

僕はスプーンに乗ったそれを、ぱくりと一口で食べた。

「わっ、食った⁉」

「食べろって意味じゃなかったのか？　うん、確かに美味《おい》しい。苺《いちご》が効いてる」

「……ちょっと期待してたのと違うな。もっと間接キスとかなんとか照れるかと」

「白河が毒味してたから、食べても大丈夫かなと」

「毒味言うなや」

白河が食べても平気なら、食えないほど不味《まず》くはないだろう。

「でもこれ、マジ美味《うま》いでしょ。もう一口……いや、それはもったいない……うーん」

「こんなにたくさん買っておいて、アイス一つくらい惜しむなよ。あれ、このプリン、同じのが二つあるぞ」

僕は袋をちらっと見て、同じスフレプリンが二つあることに気づいた。

「あ、それ一番好きなヤツだから、灰瀬にプレゼント。定番スイーツで三ヶ月《かげつ》前も今日もあったね。美味しいよ、どうぞ」

「……ああ、どうも」

白河がにっこり笑って差し出してきたプリンを受け取る。

退屈そうな僕を連れ出して、スイーツをくれて、楽しませようとしてる。

白河はわがままなようで、意外に気遣いができるらしい――

って、こんなことで感心するとか、僕のほうこそ本当にチョロいヤツみたいだ。

「灰瀬も気に入るといいな。ふわとろでちょっと苦みがあって――あっ、チャイム」

「うわ、今日は午後はこれで終わりじゃなかったっけ。丸々午後をサボったことに……」

転校してきたばかりで、生意気だとかシメられないだろうか？

委員長ツインズを頼ることにならなきゃいいが。

「えーと、こうだっけ……」

「ん？　白河《しらかわ》、なにを――」

白河はソファから離れて、壁際の機材のコンソールを操作している。

『どうも、放送部の白河です。放送室にコンビニのスイーツがいっぱいありますので、ほしい人は取りに来てください。あと、緋那《ひな》、放送室の戸締まりとかよろしくー』

「え？　お、おい、なに言ってんの？」

白河、いきなり校内放送を始めてるぞ。

この大量のスイーツ、僕らだけで処分できるはずがないけど、みんなに配るつもりだったのか。

『あ、このスイーツは2年A組の転校生、灰瀬譲《はいせゆずる》からの挨拶の品なんで、遠慮なく受け取ってね』

「おおいっ！」

僕はマイクが入っているのに、つい大声でツッコミを入れてしまう。

なんで勝手に僕からのプレゼントにしてるんだ？

『ちなみに灰瀬譲は、わたし――白河白亜《はくあ》の許嫁《いいなずけ》なんで。みんな、クソ生意気なヤツだけど仲良くしてあげてね。以上、状況終了！』

「ああっ!?」

カチッ、となにやらスイッチを押し込んで放送が切れた――らしい。

「い、許嫁って！　なんで全校放送で公表してるんだよ!?」

「白河白亜の恋は猛スピードで、周りも巻き込んでいくんだよ。レースはわたしだけ独走しても盛《も》り上がらないからね」

「……狭い日本、そんなに急いでどこに行くって標語が昔あってな」

「日本、そんな狭くないよ。ドイツ、イタリア、イギリスより広いはず」

「なかなか物知りじゃないか……」

そんな雑学は、死ぬほどどうでもいいけど。

それよりも、ただでさえ悪目立ちする庶民の転校生に、余計な属性が盛り込まれてしまったんだが？

「とりあえず逃げよう。余計な騒ぎは勘弁だ」

財布とスマホさえあれば、家には帰れるからな。あとお土産《みやげ》のプリン。

クラスのみなさんがスイーツを取りに来る前に姿を消さないと。

こんな、僕も理解できてないことで詮索されちゃたまらない。

「ちょ、ちょっと待って、灰瀬。一人で逃げる気？」

「ん……？」

立ち上がった僕の制服の袖を、白河《しらかわ》が指でつまむように掴《つか》んでいた。

まるで迷子の子供みたいな、不安そうな顔をしてる。

自分でクラスの人たちを呼び寄せておいて、そんな顔されても。後先考えなさすぎだろ。

「二人で逃げたら、余計に誤解を招くんじゃないか？」

「誤解じゃないし。許嫁《いいなずけ》だし」

「……外堀から埋められてる気がする。はっきり言っておくけど、僕は許嫁なんて——」

「あ、ヤバ、緋那《ひな》から怒りのＬＩＮＥ来てる。灰瀬《はいせ》、わたしを連れて逃げて！」

「許嫁じゃなくて、世間から許されない感じになってるじゃん！」

「連れて、行って……？」

「………………」

じいっと僕を見上げて、おねだりするような目を向けてくる。

こんな目には逆らえない……。

おかしいな、本当に白河の猛スピードに巻き込まれつつあるぞ。

3　私は君の居場所も知りたい

地上四十二階建て、高さ一六五メートル、地下には駐車場。

ライゼンベルタワー横浜《よこはま》。

天条寺家《てんじょうじ》当主から、灰瀬《はいせ》母子の新たな住居として与えられたのが、このタワーマンションだ。

マンション名には特に意味はないらしい。なんじゃそりゃ。

オートロックやコンシェルジュ常駐、ジム完備には驚かなかったが、二十四時間ゴミ出しOKにはさすがの僕もびっくりした。

しかも各階にそれぞれゴミ捨て場があるという……。

この便利さに慣れたら、もう一般のアパートやマンションには戻れないかもしれない。

「お、恐ろしい……今さらながら、恐ろしい家を与えられたもんだよ」

「ウチのゴミは家の裏手のゴミ捨て場にポンポン捨てて、業者にまとめて持って行ってもらってるねえ」

「……上には上がいるな」

薄々気づいていたが、白河《しらかわ》家は桁違いのお金持ちらしい。

ゴミ出しのことはともかく。

僕と白河がやってきたのは、灰瀬母子の豪華な新居だ。

「……って、今日出会った男子の家に来るか？　まさか、ここまでついてくるとは」

僕は一人で逃げたかったが、白河を追い払うわけにもいかず、ずるずるついて来られてしまった。

「今日じゃないでしょ。この前、ホテルで顔合わせてるし」

「ほとんど初対面みたいなもんじゃないか……？」

「しょうがないじゃん」

むうっ、と白河は頬《ほお》をふくらませる。

顔はまるきり大人の女の人なのに、表情は中二どころか小学生みたいだ。

「わたし、コンビニで電子マネー使っちゃったから。もう買い食いがバレてるかも。怒られるから、帰りたくない」

「クラスの人たちじゃなくて、そっちが怖かったのか」

最終的には家に帰るんだから、どっちみち親に怒られるだろうに。

白河は先延ばしにする気満々のようなので、仕方なく僕はエントランスからマンション内に入り、エレベーターで四十二階へ。

「ふーん、最上階なんだ？」

「父親は僕らに気を遣ったんだろうけど、微妙なんだよな……時間かかるし、もしエレベーターが動かなくなったら、階段で上り下りするのは地獄だよな」

「下のフロアも一室買っとけばいいんじゃない？」

「このマンション、一番安い部屋でも億近いんだけど」

そんな、〝これ包んでくださる？〟みたいなノリで買えるシロモノじゃない。

スマホで自宅のドアを開け、家の中に入った。スマートキー、マジ便利。

引っ越してまだ数日なので、他人の家みたいな匂いがする。

廊下を少し進んで、リビングへ。

広さはなんと二〇畳以上、三〇平米《へいべい》を超えている。

ちなみに前のアパートの居間は八畳だった。

「へー、なかなかいい家だね。なんもないけど。ミニマリストってヤツ？」

「引っ越してきたばかりなら、こんなもんだろ」

父が家具家電まで手配してくれたので、前のアパートのものはほとんど処分した。

まだ生活感が希薄なせいで、殺風景に見えるんだろう。

「見晴らし最高だね。ウチは一軒家だけど、マンション暮らしもいいかも」

白河《しらかわ》は、味気ないリビングにすぐに興味を失ったらしい。

開放感がありすぎる大きな窓の前に立ち、カーテンを開けて外の景色を眺めている。

「よくカーテン開ける気になるなあ」

我が家では、リビングのカーテンは昼も夜も閉めっぱなしだ。

だって、この部屋、高すぎるから。

リビングの窓は特に大きく、眼下の景色がよく見えすぎる。

ここから見えるのは横浜《よこはま》駅近くの海沿いの街並で、特に夜景は綺麗《きれい》だが、やはり高すぎて、眺めていると頭がクラクラしてくる。

「せっかく景色いいのに、灰瀬《はいせ》は見ないの？」

「ここから落ちたら一〇〇パー死ぬからなあ。それを思うと、見る気になれない」

「落ちることなんて一〇〇パーないでしょ？」

「ないよ」

そもそも、このマンションはベランダに出られない。

下のほうの階は知らないが、この四十二階は強風も吹くし、万が一の転落を防ぐためにベランダに限らず窓は開かない構造になってる。

「白河の家は一軒家なんだよな。洋館か武家屋敷か、どっち？」

「その二択？　灰瀬はお金持ちに偏見があるんじゃないの？」

「イメージが貧困なだけだよ」

なにしろ、十四年の人生でお金持ちと言える人との付き合いはなかった。

いきなり上の階級に放り込まれたのだから、偏見の一つや二つはあるに決まってる。

「普通の二階建ての家だよ、ウチは。えーと、10LDKだったかな」

「どんな悪事をはたらいたら、そんな大きな家に住めるんだ?」

「悪事前提か!　この家だって、普通の稼ぎじゃ買えないでしょ!」

「それはそうだ。人のことは言えないな」

ちなみに、このマンションの部屋は3LDKだ。

僕と母だけなので、贅沢《ぜいたく》なことに部屋を一つ余らせてしまっている。

「ああ、そうだ。一応、お茶くらいは出さないと」

「お茶請けは和菓子の気分かな♡」

「さっきスイーツもアイスも食べてたような……」

「灰瀬《はいせ》に一口あげたじゃん!」

「なんでキレてるんだよ、情緒不安定かよ」

育ち盛りとはいえ、カロリーという言葉を忘れすぎじゃないか。

我が家も多少なりとも客を迎えたことがあるが、白河《しらかわ》はトップクラスに図々《ずうずう》しい。

というか、白河が我が物顔すぎて――

「女子と二人きりでドキドキ、みたいな感じがひとかけらもないな」

「おっ、ケンカか?　いいよ、どうせ誰も見てないし、お嬢様の野蛮なトコ見せよう」

白河は、シュッシュッと軽くパンチを繰り出してくる。

意外とサマになっていて、ミニスカートもひらひら揺れていて、それはドキドキする。

「わ、おい、ガチで当たってるって」

お嬢様パンチを手で受け止めて――これって、普通に手が触れ合ってるような？

「い、いいから、僕はお茶を淹《い》れてくるよ」

「逃げたな。わたしの勝ちだね」

勝ち誇る白河から逃亡し、キッチンでペットボトルのお茶をグラスに注《つ》いで。

リビングに戻り、煎餅《せんべい》と一緒にテーブルに置いた。

「おー、本当に和菓子だ。お煎餅なんて久しぶりだなあ」

「僕はこのスフレプリンをいただくよ」

放送室から慌ただしく逃げたせいで、食べるどころじゃなかった。

僕はプリンを、白河は煎餅をバリバリと音を立てて食べ始める。

「うん、美味《おい》しい。あっさりしてて食べやすいな。コンビニスイーツもレベル高い」

「でしょ。このお煎餅も甘塩《あまじよ》っぱくて美味しい」

「ただの海苔《のり》煎餅だよ。まあ、口に合ったならよかった」

なにをしてるんだろうな、僕は。

我が家に許嫁《いいなずけ》を自称する女子を連れ込んで、お茶とお菓子を振る舞ってる。

父に認知される前なら、考えられもしなかった展開だ。

「というか、いろいろ食べたばかりなのに。煎餅《せんべい》なんて食べてたら、デブるぞ？」

「デブる！　女子にそんな容赦ない言い方、斬新すぎ！」

「そっちが猛スピードで距離を詰めてくるからじゃないか？」

「どんなに距離が詰まっても、その言い方はない！」

きっぱりと言い切られてしまった。

まあ、贅肉《ぜいにく》のかけらもなさそうな相手だから言えることではある。

「あのね、これでもわたし、一七四センチで五十一キロなんだよ？」

「そんなあっさり女子が自分の体重を……って五十一？」

「お疑いなら、体重計を持てい！　ここで量ってあげよう！」

「…………」

僕は、食べ終えたプリンのカップを置き、白河《しらかわ》の身体《からだ》を上から下まで眺め回す。

「な、なに？」

「……いや」

白河は背は高いが、確かにかなり華奢《きやしゃ》だ。

それでいて胸は大きく盛《も》り上がって――そこはいい。

胸部の脂肪の重さは馬鹿にできないらしいが、そこを差し引いても――

「白河、ちょっと待ってて」

「え、ダメ、体重計は許して。さっきのは冗談。わたしは五十一キロ。最後に量ったときは間違いなくそうだったんだから、もう一度量らない限り、五十二キロ以上の白河白亜《はくあ》はこの世にいないんだよ」

「シュレディンガーのナントカみたいな話だな。そうじゃない。それなら、もっと食べるべきだな」

　僕はキッチンに行き、背伸びしてシンク上の吊《つ》り戸棚を開く。

　中にはいくつかの箱が積まれていて、僕の目当ては一番上の箱だ。

「くっそ、ここの棚、高すぎるんだよ。設計ミスじゃないのか、これ……」

「ほっ」

「…………っ！」

　いきなり背中に、ぐにゅっと柔らかなものが押しつけられた。

「灰瀬《はいせ》、どれ取りたいの？」

「……い、一番上のヤツ」

「これだね。ほい」

　いつの間にか僕の背後に忍び寄った白河が、後ろから戸棚に手を伸ばしていた。

　一七四センチなら、一番上の箱も軽々と届くらしい。

「ん？　なにこれ？　和倉堂《わくらどう》〝黒糖黒蜜まんじゅう〟……」

「…………っ！」

白河《しらかわ》は僕に後ろからくっつき、肩も掴《つか》んできて、まんじゅうの箱を覗《のぞ》き込《こ》んでる。

ぐいっと二つのふくらみがさらに押しつけられて――

「し、白河、ちょっと……その……」

「え？　あ、ああ。ごめん、つい」

白河は、ぱっと僕の背中から離れた。

胸を押しつけてからかってきたんじゃなく、親切で手伝ってくれたらしいが――無防備すぎだろ。

「えーと……こ、このおまんじゅう、全部食べていいの？」

「そ、そうは言ってないだろ」

白河も少し赤くなってるので、こっちまで余計に恥ずかしい。

「その黒糖黒蜜まんじゅう、僕の好物なんだよ。僕がすぐに全部食べちゃうから、母が隠すんだよな」

「へ、へぇー。灰瀬《はいせ》の好物、食べてみたいな」

「まあ……そのために取りに来たんだけどさ」

そしたら、突然後ろから二つのおまんじゅうが――って、品がないな。

「けっこうカロリーお高めだから、体重増やすにはいいんだよ」

「別にわたし、体重増やしたいわけじゃないんだけどなあ」

そう言いつつ、白河は黒糖黒蜜まんじゅうの箱をガン見してる。

箱に印刷されたまんじゅうの写真だけでも、よだれが出るほど美味《おい》しそうだからな。

とにかく、さほど広くないキッチンに二人でいるのはよくない。

リビングに戻って、白河とソファに並んで座る。

僕だけ床に座るのもおかしいので、距離が近いのは仕方ない。

「あ、これ美味《うま》い！　ヤバい！　手が、手が止まらないよ、灰瀬！」

「ちなみにそれ、一つ二〇〇キロカロリーあるから」

「後で言わないで！」

白河は、既にぱくぱくとまんじゅうを三つもたいらげてる。

「お土産《みやげ》に二、三個持ってってってもいいよ」

「本気でわたしを太らそうとしてる？」

じいっ、と割とマジで睨《にら》まれてしまう。

「といっても、わたし食べても全然太らないタイプなんだよね」

「女子に恨まれるから、ヨソで言わないほうがいいな」

僕は気を利かせて、白河のグラスにお茶のおかわりを注《つ》いでやる。

「はぁ……お菓子もあるし、お茶のおかわりも自動で出てくるし、もうここん家《ち》の子になりたい」

「そういえば、結婚するなら僕が白河《しらかわ》家に婿入りするのかな？」

「灰瀬《はいせ》、なんか許嫁《いいなずけ》の話がどうでもよくなってない？」

「さすがに、そこまでは言わないけど」

続けて白河とドタバタしすぎてるせいで、許嫁のインパクトは薄れてる。

「まあ、別に難しい話じゃないんだけどね。というか、既にだいたい説明したっていうか。どうせ、近いうちに灰瀬にも——あ、そうだ」

「ん？　な、なんだ？」

白河が、さらに僕のそばに移動して、じーっと大きな目を向けてくる。

「一つ、訊《き》いておかないと。灰瀬、カノジョいるの？」

「は？　カ、カノジョ？」

「カノジョがいたら、許嫁の話は秘密にしとかないとまずいでしょ？」

「……破談じゃなくて、秘密にするのか」

「そんなのは子供の事情だからね」

くすっ、と笑う白河。

大人びている彼女が言うと、奇妙に感じられる台詞《せりふ》だ。

「………カノジョなんかいないよ。先回りして答えるけど、いたこともない」

別にどうでもいいことだ。

中二なら、カノジョいない歴と年齢がイコールなのは普通だろう。

「はい、それで？」

「それで、ってなんだよ？」

「次は、わたしのカレシの有無とか過去の男関係とか掘り下げるところじゃない？」

「白河、カレシはいる？　過去にいたことはある？　いたなら、初めてのカレシはいくつのとき？」

「おいおい、ズバズバ訊くじゃないか、ボーイ」

誰がボーイだよ。ボーイだけど。

「そこまで訊かれたら、簡単には答えられないなあ。ねえ、灰瀬？」

「ん？」

白河は、だらしない姿勢でソファに座り直し、膝を立てるようなポーズになって。

真っ白な太ももが付け根のあたりまで見えてしまいそうだ。

おまけに、ちらっと下着も――

「身体《からだ》に訊いてみたら？　わたしが経験豊富なら、テクニックを見ればわかるでしょ？」

「なんだ、ビッチか……」

「おいこら、灰瀬《はいせ》！　君、言いたい放題すぎるぞ！」

「そういう性格なもんで」

ちらちらと白河《しらかわ》の太ももを見てしまいそうになりつつ、答える。

そろそろ姿勢を正してほしい。

「ふふん……十人だよ」

「え？」

「だから、十人。経験は充分かな？」

白河は、またくすくすと笑い、ようやく立てていた膝を下ろしてくれた。

ちょっと惜しいような気もするが……ほっとしたかも。

でも、十人……十人か。

白河白亜《はくあ》は大人っぽい美人だ。

可愛《かわい》い女子には男が途切れず寄ってくるのが当たり前だし。

だから、全然意外性はない……ないんだが、なんとなくモヤっとする。

「灰瀬はわたしの過去なんか気にしない——興味がないかな？」

「……今のところは特に」

少し間を空けて答えてしまったが、割と本心かもしれない。

「そうか。でも、灰瀬は〝許嫁《いいなずけ》〟ってものがピンと来てないでしょ？」

「来るわけないだろう」

そんなもの、フィクションでしか聞かない単語だ。

「許嫁になるってことは――白河白亜が、灰瀬譲《ゆずる》のものになるってことだよ」

「…………」

「なんか変な顔してる、灰瀬」

「悪かったな、変な顔で」

そんな恐ろしいことを言われたら、変な顔にもなるだろう。

「悪いが、僕は人を所有する趣味はないんだ」

「もちろん、譲くんが白亜さんのものになるってことでもあるよ」

「僕も所有されるのか⁉」

「婚姻は双方向的だからね。灰瀬の黒糖黒蜜まんじゅうはわたしのもの、わたしのお菓子もわたしのもの」

「一方的な搾取が！」

まったく双方向でもないし、不公平すぎる。

「それが嫌なら――生まれついてのお嬢様で、なんでも手に入れてきたわたしが、強引に灰瀬譲くんをわたしのものにしてもいいよ」

「…………」

目が本気だ——そして、人間一人を所有することにためらいのない目だ。

「あのな、僕は人をものにするとかされるとかは——」

「ただいまー！」

「げっ……！」

突然、玄関のほうから甲高い声が響いてきた。

僕はドキリとして、思わずソファから立ち上がる。

まさか、このタイミングで一番起きてほしくない事態が……！

「おーい、ママのお帰りですよぉ！」

とりあえず玄関に走ろうとして——一歩遅かった。

バン、と勢いよくリビングのドアが開き、中に入ってきたのは——

「あれ？」

もちろん、我が母だった。

ショートの黒髪、銀色のピアス。

紺色の上着、同色の膝丈タイトスカートという格好だ。

「ゆず、転校したてでもう女の子連れ込んでんの？　なに、そのスピード感？」

「そ、そうじゃなくて！」

「灰瀬《はいせ》、お母さんから〝ゆず〟って呼ばれてんだ？　なんか可愛《かわい》いね。わたしもゆずゆずって呼ぼうかな」

「可愛さを増量するな。そんなことより──母さん、ずいぶん早いね？」

「明日から久しぶりに現地でアテンドって言っといたでしょ。今日は早めに上がっておいたの。でもまさか──あらら？」

母さんは、ずかずかと歩いてきて、白河《しらかわ》の前に立った。

白河もつられたように立ち上がる。

母は、そんな白河をちらりと見て──

「この人、制服着てるけど……コスプレ？」

「はい、譲《ゆずる》くん、制服のほうが興奮するらしくて」

「ウチの息子がおっさんに!?」

「待て待て待て！」

白河はわざとらしくスカートをつまんで、制服を見せつけるようにしてる。

「この人、同級生だよ！　こんな見た目だけど、中二だって！」

「えっ!?」

母は、びっくりして白河《しらかわ》を頭から爪先まで舐《な》めるように見る。

やはり、ホテルでの僕と同じく大人のお姉さんだと思ったんだろう。

「そ、そうなの……ああ、ごめんなさい。コスプレとか言っちゃって」

「いいえ、こちらも悪ノリしてしまいました。無駄にすくすく育っちゃったんですよ」

白河はそう言うと、すっと表情を引き締めて優雅に一礼した。

まったく落ち着きがないように見えて、たまに育ちの良さが出てくるみたいだ。

「はじめまして、白河白亜《はくあ》と申します。天条寺《てんじょうじ》のおじさまにはお世話になっております」

「え？　白河……あっ！　そういうことぉ!?」

「ちょっと待って、母さんには許嫁《いいなずけ》の話通ってんのか？」

「ええ、聞いてるわ。どのタイミングで言えば、ゆずを驚かせるかなって悩んでたのよ」

「もっと別の次元で悩んでくれないか？」

僕に話を通す前に突っぱねるとかさ。

上流階級の仲間入りはしたくない、というのは母も僕と同じ気持ちだと思ってたのに。

「ああ、私、譲《ゆずる》の母親の灰瀬理代子《はいせりよこ》といいます。古風な名前でしょう？」

「ウチの中学って、古風な名前の子も多いですよ。わたしは、ちょっとイキってる名前つけられましたけど」

確かに、〝白亜〟はキラキラネームではないにしても、古風とは言えない。

「白亜っていい名前だわ。ねえ、ゆず？」

「僕に振らないで」

「他に振る相手いないでしょ。ああ、知ってると思うけど、私はごく一般人です。NTSって会社に勤めてて」

おいおい、なんかお見合いみたいになってきたぞ。

「NTS……旅行会社にお勤めなんですね、お母様」

そう、NTSは業界最大手の旅行会社で、母は長年そこに勤めている。

「あら、お母様だなんて。ええ、旅好きが高じて趣味を仕事にしちゃって」

てへ、と舌を出す母。

おかしいな、中二の同級生のほうが母より落ち着いて見えるぞ。

「旅行業界はこの三年近く厳しかったけど、やっと本格的に動き出したから、もう忙しくて！　なんだかんだで、旅行好きは多いのよ」

「そうですね、飛行機やホテルがどこも満員ってニュースで見ました」

「でしょ！　今が稼ぎ時なのよ！」

母は、だいぶエキサイトしてる。

仕事の話になるとすぐに興奮するのが困ったところだ。

「ここ数年は企画のお仕事がメインなのだけど、海外ツアーの添乗員もやってるから。本当はそっちのほうが好きなの。何日も家を空けることになるから、ゆずには悪いけど」

「学校もありますし、子連れで行くわけにはいきませんね」

「そうなのよ、この子と歳《とし》の近い従姉《いとこ》がいるから面倒を見てもらってたりね」

「母さん、そんな話はいいから」

初めて家に来た相手に、家庭の事情を話しすぎだ。

「わたしも旅行は好きなんです。頻繁には行けませんけど、普段と違う空気を吸えるだけでも嬉《うれ》しくて」

「ええ、旅って雰囲気を楽しむものだから。白亜《はくあ》ちゃん、わかってるわね。今度、一緒に旅しちゃう？　プロが企画を立ててあげるわ」

「行きまーす！　あ、灰瀬《はいせ》も連れてってあげようか？」

「なんで僕がオマケなんだよ」

母と白河《しらかわ》が意気投合してるの、なんか怖い。

「もういいから、白河も帰ったほうがいいよ。門限とかあるんじゃないの？」

「わたしが門限を守るタイプに見えるの？」

「偉そうに言うな！　白河がどんなタイプかまだ読み切れないよ！」

積極的にルールを破るタイプには見えるが。

「おっ？」

そのとき、白河が変な声を上げた。

左腕を上げ、腕時計を見つめてる。

アップルウォッチだ。気づかなかったけど、腕時計が振動したらしい。

「確かにタイムリミットみたい。お迎えが来るって」

「ああ、車で迎えに来るのか」

「学校サボったこともバレてるみたい」

白河は僕の耳に顔を寄せてささやいてきた。

母に、サボリがバレないように気を遣ってくれたらしい。

「電子マネーのこともバレてるかなあ……怒られんの嫌いなんだよね……」

「好きな人はいないだろ」

とにかく、お迎えは来てしまうのだから、観念するしかない。

まだ話し足りない顔の母を置いて、僕はマンションの外まで白河を連れて行った。

「母さんが騒がしくて悪かった。うるさいんだよ、あの人」

「全然。もっとお話ししたかったね。旅もマジで行ってみたいなー。わたしのお義母《かあ》さんになるんだし、旅で親睦《しんぼく》を深めるのはアリじゃない？」

「義母と書いてかあさんと呼ぶのは早すぎると思うんだ……」

どのみち、母は最近特に忙しいんだし、個人旅行は難しいだろう。

「あ、来た。あれ、ウチの車」

「レクサスだ。ロールスロイスとかベンツとかじゃないんだね」

「やっぱ、お金持ちに偏見あるね、灰瀬《はいせ》。普段使いには国産車が一番なんだよ」

「ウチはそもそも自家用車がない家庭なんでね」

タワマン地下には駐車場もあって、毎月法外な料金を巻き上げられるらしい。

母はそこまでして車に乗る必要性を認めないそうだ。

そうこうしているうちに、白河《しらかわ》家のレクサスがゆっくり近づいてきて止まった。

「じゃあ灰瀬、今日はありがと。よかったよ」

「よかった?」

「一緒にスイーツ食べてて楽しかったから。結局、一緒にいて、好きなものを笑いながら食べられるかってところが大事だから」

「そんなことのためにスイーツ爆買いしてたのか……」

僕のほうも、退屈だけはしなかったけれど。

「ねえ、灰瀬。さっき言ったよね、許嫁《いいなずけ》は本人の意思を無視して決まるもんだって」

「ああ、とんでもない時代錯誤だな。上流階級は人権って言葉を知らないのかな?」

どうも、僕らの許嫁問題には白河の意思が介入してる疑いがあるけれど。

「確かに許嫁なんて、古臭いシステムだけどね。でもさ」

「うん？」

「わたしは否定するばかりじゃダメだと思うんだよ。自分と関係ないところで決まることなんて、人生ではいくらでもあるんだから」

「まあ……そうだけど」

僕だって、〝父親の認知〟から現状が大きく変わってしまった。

「許嫁だって、相手のことを知って、好きになれるように努力するのもアリじゃない？」

「それは……あくまで、白河の考え方だろ。でもなるほど、努力か――」

「うん？　なに、灰瀬？　あ、御空《みそら》、ちょっとだけ待ってて」

「はい、白亜《はくあ》お嬢様」

白河は開いていた助手席のドアから車内を覗《のぞ》きつつ、言った。

答えたのは、運転席にいた若い女性だ。

着ているのは、なぜか男物のスーツ。

茶色の長い髪を後ろでまとめていて、角度によってはショートカットにも見える。

ぱっと見だと、イケメンの男性のようだ。

前髪が長くて目が隠れがちで、失礼ながら怪しげな雰囲気もあるような……。

「あの人、白河家の使用人？　使用人さんって本当にいるんだな」

「昔ほどじゃないよ。今は三人しかいないし」

「現実的だな」

まあ、三人も使用人がいれば充分に凄《すご》いけど。

「それより——ああ、運転手さんを待たせると悪いかな？」

「御空《みそら》は運転手じゃなくて付き人。運転から身の回りの世話、護衛までこなせるんだよ」

「……なるほど」

御空という人、ただ者じゃなさそうな雰囲気だ。

「そうじゃなくて、灰瀬《はいせ》。なんか言いたいこと、あるんじゃないの？」

「ああ、そうだった。たいしたことじゃないんだけど」

僕は長身の白河《しらかわ》を見上げるようにする。

許嫁《いいなずけ》の話は冗談じゃないみたいだし、既に白河の猛スピードに巻き込まれてるなら——

「今度は、僕が白河の家に行きたい」

「え」

白河は、きょとんとして僕を見つめてくる。

そして、たちまち——

「ホント!?　ホントにわたしの家に来てくれんの!?　そんなにわたしに興味津々かー！」

「ちょっ……！」

白河はぱぁっと顔を輝かせて、僕の手を両手で握り締めてきた。

今にも抱きついてきそうなほどの勢いだ。

「いいよ、灰瀬。そのスピード感、嫌いじゃない！」

「………」

僕、そんなに喜ばれること言ったか？

ただ——許嫁がいたって、死ぬわけじゃない。

だったら、流されるだけじゃなくてこちらから飛び込んでもいい。

猛スピードに巻き込まれるだけじゃなくて、こちらも相対速度を合わせてみよう。

むしろ、そのほうが危険は減るかもしれない。

白河が努力しているなら、僕もただ拒否するんじゃなくてこの事態に立ち向かう努力はするべきではある。

まさか、白河の家に行っても命を取られることはないだろうし……と思ったんだけど。

僕、もしかして早まっただろうか？

4　私は君を歓迎してる

数日後の日曜日――

僕は横浜《よこはま》駅近くの山手《やまて》にいた。

山手は豪邸が建ち並ぶ、いわゆる高級住宅街だ。

我が灰瀬《はいせ》家のタワマンからも、たいして遠くない。

昔は外国人居留地で、今でも異国情緒溢《あふ》れる光景があちこちで見られる。

その山手の一角に、白河《しらかわ》家の豪邸はあった。

二階建て、ぐんにゃりとした曲線で構成されたオシャレなデザインで、一階には大きなガレージ、二階には広いベランダがあり、屋上まであるみたいでフェンスで囲まれている。

苗字《みょうじ》に合わせたわけではないだろうが、全体は上品なホワイトを基調にしている。

確かに武家屋敷でも洋館でもないが、庶民がドン引きするレベルの〝豪邸〟じゃないか。

「……けっこうなお宅ですね」

「私は使用人ですので。灰瀬様に敬語を使われると困ってしまいます」

答えたのは、先日も会った男物スーツ姿の付き人さんだ。

彼女に家まで迎えに来てもらい、こうして午前十一時に白河家を訪ねてる。

「でも、年上の人にタメ口は利きづらいですよ」

「慣れてください」

身も蓋もない人だった。

このお嬢様お付きの美女は葵門御空《あおいもんみそら》、という名前らしい。

おそらく、二十代前半で十歳は離れてないだろうが、タメ口はちょっと……。

「まあ、いいか。じゃあ、名前だけはさん付けするよ、御空さん」

「小生意気な――切り替えの早い方ですね」

「まあね。最近、環境の激変がエグくて高い順応性が求められてるんで」

いちいち細かいことを気にしていられない。

今日は高難度のクエストが待ち受けているのだし。

「白河が10ＬＤＫとか言ってたけど、ホントはもっと大きいんじゃない？」

「正面にあるのが本邸で、裏手には別邸もあります。本邸は確かに10ＬＤＫです」

「別邸……」

要するに、離れみたいなものか。

同じ敷地内に二つも家を建てる必要性がわからないが、考えても無駄だろうな。

御空さんに先導されて立派な門をくぐり、アプローチを通って玄関ドアを開けてもらう。

ここから先は一人で、ということらしく、僕だけ玄関に入ると――

「譲《ゆずる》くん、ようこそ！」

「いらっしゃい、譲くん。どうぞ楽にしてね」

「…………」

僕は、玄関ホールに立っていた大人二人に、深々と頭を下げる。

あらためて言うまでもないが、本日の用件は白河《しらかわ》家のお宅訪問。

そして、白河のご両親へのご挨拶だ。

白河家はこの豪邸を見てもわかるとおり、とんでもないお金持ちらしいが、あっさりと訪問のアポが取れてしまった。

白河の親父《おやじ》さんは、豊かな髪をオールバックにしている。

かなり白髪まじりだけど、顔を見る限りは割と若そうだ。

母親は長い黒髪を後ろで結び、顔つきは整っていてこちらも若そう。

二人とも、ごくおとなしいファッションで、特に高級ブランドって感じではない。

いや、外見の話よりも——

なぜ、白河のご両親はニコニコと機嫌がよさそうなんだろう？

「白亜《はくあ》は今、支度をしてるから。とりあえずリビングのほうへどうぞ」

「は、はい。お邪魔します」

親父さんに促され、僕は靴を脱いで上がる。

最近は見なくなってきたアルコールディスペンサーがあり、きちんと消毒する。

僕は割と綺麗《きれい》好きなので、こういうものが玄関に用意されている家は好ましい。

同じく用意されていたスリッパをはいて長い廊下を進む。

ただ、やっぱり気になる……おかしい……。

僕はこう見えて、庶子《しょし》。隠し子。婚姻外の子供だ。

一方、この夫婦は古くからの名家である白河家のご当主とその奥様。

現在でも多額の資産を持ち、〝白河グループ〟とかいうたいそうな名前の組織のトップに立っているらしい。これらは母からの情報。

そんな高貴な方々が、僕のような庶民に和やかに接してくるのは不思議だ……。

白河の両親が浮かべている笑みや優しげなオーラは、芝居とは思えない。

僕は失礼な誤解をしていただろうか……？

「どうぞどうぞ、座ってくれ」

「……失礼します」

また親父さんに促され、僕はソファに座った。

身体《からだ》が沈み込みそうなほど、ふかふかのソファだった。

白河家のリビングは、三〇畳ほどもあるだろうか？

新たな我が家のリビングも広いと思ってたけど、上には上がいるらしい。

家具や家電も高級そうだが、それでいて落ち着いた生活感がある。

未《いま》だにタワマンに慣れない、にわか上流階級の灰瀬《はいせ》家とはまったく違うようだ。

「はじめまして、灰瀬譲《ゆずる》です。よろしくお願いします」

「はは、堅苦しいね。親戚のおじさんだとでも思ってくれよ。実際、天条寺《てんじょうじ》家とは多少の血縁がないでもないからね」

「え、そうなんですか？」

僕に知らされてないこと、多すぎない？

「何代も前の話だけどね。ウチの家系は、複雑に入り組んでいて。昔から外国の血も入ってるんだよ。白亜《はくあ》の祖母は北欧系だしね」

「ああ、なるほど……」

白河《しらかわ》は珍しい髪の色をしてるけど、隔世《かくせい》遺伝とかだろうか。

「あなた、血縁の話なんて若い方には退屈ですよ」

「そうか、私も緊張してるな。ウチでこんな若い男の子をお迎えするのは初めてでね」

ははは、と親父《おやじ》さんは困ったように笑っている。

名家の当主とか企業グループのトップって感じじゃない。

確かに、〝親戚のおじさん〟って印象だな……僕が失礼な誤解をしていたようだ。

「ふぇー……ねっむい～……ママぁ、ホットミルクちょうだい～」

恐ろしく寝ぼけた声とともに、リビングに入ってきたのは――

ぼさぼさの髪に、ダブダブのトレーナー。

そのトレーナーには、毛筆のような文字でデカデカと〝負け犬〟とプリントされている。

下はいておらず、大きめのトレーナーの裾から白い太ももが丸見えだ。

「……おはよう、白河」

「んぇ？　なぁんでぇはいしぇが……灰瀬ぇっ!?」

一瞬、髪が逆立ったかと錯覚する勢いで、白河が驚きの声を上げた。

「そ、そうだった……灰瀬が来るんだった……！」

「僕が行くって言ったときに喜んだ記憶は飛んだのか？」

「こんな恥ずい格好見られるとか……もうお嫁に行けない……！」

「許嫁《いいなずけ》じゃなかったっけ？」

「ちょ、ちょっと待ってて！」

白河は、脱兎《だつと》の如き勢いでリビングから出て行った。

「ぎゃー、御空《みそら》！　ぷりーずへるぷみー！」

「だから、もっと早めに起こすと言ったじゃないですか」

どこからか、白河と御空さんが言い合ってる声が聞こえてくる。

白河家の朝は、慌ただしいようだな……そろそろ昼だが。

「はは、悪いんだが、譲《ゆずる》くん。少し待ってやってもらえるかな」

「あと、あの子のために見なかったことにしてくれると助かるわ」

「……はい」

優しいご両親がいてよかったな、白河《しらかわ》。

「ただ、今のうちに訊《き》いておこうかな」

「え？」

「譲くん、白亜《はくあ》によると君のほうからウチに挨拶に来たいと言ったそうだね？　私が言うのもなんだが、君の立場だと許嫁云々《いいなずけうんぬん》には戸惑ったんじゃないか？」

「……もちろん戸惑ってます」

嘘《うそ》をついても仕方ないので、はっきりと答える。

「でも、白河――白亜さんはこの話を受け入れてるようでしたし、母にも話が通っているのなら、僕もご挨拶くらいはしておこうと思いまして」

「ごもっともだね」

「というのは建前で、どこまで本気の話なのか偵察に来ました」

「ははっ、偵察か。これはいい！」

白河の父親は、膝を打って笑っていて、母親のほうもくすくすと上品に微笑《ほほえ》んでいる。

「いや、本当だよ。君をからかってるとか、仮の話とか建前だけとかそういういい加減な話でもない。何事もなければ、白亜と君は結婚することになるだろうね」

「なるほど……勇気を出して来てよかったです」

これで、白河の思い込みだとか、なにかの行き違いだとか、そういう可能性が消えた。

実際、間違いなく、白河白亜は灰瀬《はいせ》譲の許嫁なのだ。

「勇気を出さなくても、いつでも気楽に来てくれていいよ」

「ありがとうございます。実は、白河家を訪ねても死ぬことはないだろう、って気持ちで来ました」

「おいおい、まず白河家への偏見を解いてもらったほうがいいな」

という感じで、白河の両親とも少しは打ち解けられたようだ。

死ぬことはないだろう、という気持ちで来たのは冗談じゃないんだが。

それから、待つこと一〇分ほど——

「いらっしゃい、灰瀬」

「……こんにちは」

リビングに入ってきた白河は、まるで別人だった。

色素の薄い髪は綺麗《きれい》に整えられ、もちろん私服姿だ。

丈の短いイエローのワンピースの上に、白いカーディガンを羽織っている。

キラキラしたお嬢様のオーラを放っていて、学校で見る姿とも違う。

一〇分であのナマケモノをここまで変身させるとは、御空《みそら》さんは有能だな。

「こんにちは、なんて他人行儀な。わたしと灰瀬《はいせ》の仲でしょ?」

「こ……そうだな」

危ない、いつもの減らず口を叩《たた》くところだった。

さすがに親の前で「ここのお嬢さんは虚言癖がありますね」なんて言えない。

「パパ、ママ、こいつ今、『ここのお嬢さんは虚言癖があるね』って言いかけたよ」

「なんでわかったんだ!?」

「語るに落ちるとはこのことだよ、灰瀬」

「……………」

もう少し、減らず口を控えるようにしよう。

「白亜《はくあ》、お客さんに失礼なことを言わないように。ああ、ちょうどお昼だし、食事しながら話そうか、譲《ゆずる》くん」

「あ、ちょうど来ましたよ」

チャイムが鳴り、母親のほうが立ち上がった。

リビングから出て行ったかと思うと、すぐに戻ってきた。

「ピザを取ってみたんです。譲くん、ピザは好きかしら?」

「あ、はい。好きです」

母親は確かに、ピザの大きな箱を抱えていた。二段重ねになっている。

「実は一応、譲くんのお母様から茄子《なす》ときゅうり以外ならなんでも食べると聞いてるのだけどね」

「うっ、母がそんなことを……」

ウチの母が、白河《しらかわ》家と連絡を取り合っていることは知っている。

そんなごく細かい個人情報までダダ漏れとは思わなかったけどな。

「灰瀬、お子様だね。茄子もきゅうりも美味《おい》しいのに。お漬物も食べないの？」

「そもそも、漬物自体が苦手かなあ……」

茄子ときゅうり以外なら、漬物もなんとか食べられるんだけど。

僕が子供舌なのは認めよう。

「こらこら、白亜。人の好き嫌いを責めてはいけないよ。誰にだって苦手なものはある。白亜だってキャビアが苦手じゃないか」

「イクラはいけるんだよ、イクラは。黒い見た目が苦手なんだよ」

「…………」

僕なんて、自分がキャビアが食べられるかどうかすらわからんよ？

とりあえず、ピザが冷める前に食べることになった。

二枚のピザはそれぞれハーフアンドハーフで、四つの味が楽しめる。

テリヤキチキンにシーフード、マルゲリータに厚切りベーコンのピザだった。

コーラをグラスに注《つ》ぎ、リビングのテーブルを囲んで食事がスタートする。

「うーんっ、美味《おい》しっ♡　イタリア料理屋のピザとは全然違うなあ！」

「僕はそっちを食べたことないかな……」

サイゼのピザなら何度も食べてるけど、それも別なんだろうな。

「でも、白河《しらかわ》さんの家でもこういうジャンクなもの食べるんですね」

「おーい、灰瀬《はいせ》。お金持ちが毎日、フランス料理とか京懐石とか食べてると思ってる？」

「そこまでイメージ乏しくはないけどさ」

まさか、こんな豪華なリビングで見慣れたピザを食べるとは思わなかった。

「いやでも、美味しいな、このピザ。ボリュームもあるし」

「そうですね、あなた。定期的に食べるのもいいかもしれません」

白河夫妻もニコニコとご満悦みたいだ。

僕への態度といい、ジャンクなピザも普通に楽しんでいることといい、やっぱり想像とは違う人たちみたいだ。

Lサイズのピザ二枚は、あっさり四人のお腹《なか》に収まってしまった。

僕はそんなに大食いではないし、ご両親も控えめだったが――

「ああ、お腹いっぱい。あ、でもデザートは別腹かなー」

白河は、ちらちらと両親に思わせぶりな視線を送ってる。

この心配になるほどスリムな同級生は、次元を超越した胃をお持ちのようだ。

「そうだね、今日くらいはいいだろう。お母さん、なにかデザートはあったかな?」

「もちろん用意してありますよ。例のプリンがあります」

「ええっ、例のヤツがあるの⁉」

どんなヤツだよ。

ご両親は、かなり娘を甘やかしているらしい。

白河のわがままな性格形成の一端を見た気分だ。

「じゃ、わたしの部屋で食べよっか、灰瀬。同級生女子の部屋、見ずに帰れないよね?」

「いや、僕は人《ひと》ん家《ち》を覗《のぞ》いて回る趣味は……」

「決まりね。あ、ママ、プリンもらうからね」

白河はキッチンのほうへ行って、プリンを二つ持ってくると。

僕を手招きして、先に立って歩き出した。


ご両親に頭を下げ、僕は白河に続いてリビングを出た。

気は進まないが、同級生女子の部屋——興味がないと言ったら嘘《うそ》になる。

白河《しらかわ》は、トントンと足音を立てて階段を上っていく。

僕は上を──スカートの中を見ないように、階段を上がる。

二階もかなり広いようで、廊下にはいくつかドアが並んでいる。

「ここ、ここ。ここが白亜《はくあ》さんルームその1だよ」

「その2があるんかい」

「え？　寝室とクローゼットは別でしょ？」

「……そうですね」

今のは、ボケじゃなかったらしい。

寝室はともかく、クローゼットが独立してるのは信じがたいが、マジなんだろうな。

「ああ、そのクローゼットに〝負け犬〟トレーナーがあるわけか」

「その件だけは言うな」

お嬢様から厳命が下された。

「あれは単なるわたしの面白衣装コレクションで！　いつもは、もっとセクシーな寝間着で寝てるから！　ネグリジェとかベビードールとか！」

「その必死アピール、誰が得するんだよ……」

たとえ事実だとしても、中学生がそんなエロいもん着て寝るなよ。

「というか、僕が白河の部屋に入っていいわけ？」

白亜さんルームのドアは開いているが、踏み込んでいいものか迷う。

「一階にパパママがいて、襲いかかる度胸はないでしょ？」

「家にいなくても襲わないけどな……というか、警備の人とかいるのか？」

「御空《みそら》、ボディガードでもあるんだよね。クラヴマガの達人だよ」

「珍しいもの極めてるなあ……」

僕のように、ネットで無駄に雑学をためこんだタイプは知ってる。

クラヴマガはイスラエルの軍隊で編み出された格闘技で、最近はフィットネスの一つとしても広まっているらしい。

「いいから入って。面倒くさいの、嫌いだから。猛スピード、猛スピードっ」

「白河はいろいろすっ飛ばしすぎだと思う……」

抵抗は無駄そうなので、僕は白亜さんルームに侵入する。

「なんだ、意外と普通の部屋だな」

「あんまり物置かないしね、わたし」

そのとおり、白河の部屋は落ち着いた印象だ。

広いことは広いが、二〇畳もないくらいだろうか？

白いカーペットが敷かれ、木のデスクと椅子、クラシックなドレッサー。

スチールのデスクもあり、ピンクのｉＭａｃが載っている。

それに、壁際にはぎっしり文庫本が詰まった大きな本棚。

司馬遼太郎《しばりようたろう》、吉川英治《よしかわえいじ》、池波正太郎《いけなみしようたろう》、赤川次郎《あかがわじろう》、東野圭吾《ひがしのけいご》、宮部《みやべ》みゆき、京極夏彦《きようごくなつひこ》。ホームズのシリーズひと揃《そろ》い、アガサ・クリスティにスティーブン・キングなどのミステリーやホラー、それに海外ＳＦも並んでいる。

「割とメジャー好みなんだな」

「評価が高いものだけ読んでるからね」

「意外と手堅い性格なんだな」

白河《しらかわ》が小説を読んでるだけでも意外性があるのに、他人の評価を気にするのもあまり似合わない。

「というか、いきなり遠慮なく女子の部屋を眺め回すじゃん」

「そういえば、そうだな。全然緊張してないかも」

「わたし、もしかして灰瀬《はいせ》に舐《な》められてる？　これでも学校じゃ人気の女子なのに」

「自分で言うなよ」

確かに、美人のご令嬢が多い真道《しんどう》でも白河の美貌はズバ抜けている。

中二とは思えないスタイルといい、校内でも目立つ存在だ。

白河との出会い（再会？）から今日のお宅訪問までの数日で、そのことは充分に思い知った。

男子はもちろん、女子まで白河を女神でも崇《あが》めるかのように熱っぽい目で見つめてる。

「白河さんの許嫁《いいなずけ》なんですね……大変ですよ、灰瀬くん。女子だって白河さんをお嫁さんにしたい子、多いですからね」

なんてことを、委員長が真顔で言ってたっけ。

白河が全校放送で許嫁の件を公表してくれたおかげで、僕もすっかり有名人だ。

大変、というのは委員長の婉曲《えんきょく》表現で、「周りからの嫉妬に気をつけろ」という警告らしい。

そんな憧れの存在の家を訪問して、自室にまでご招待されてるなんて。

夢のようというか、夢だったらよかったのに。

「あ、そうだ、灰瀬、これこれ」

「ん？　あー、なんだっけ。前に流行《はや》った……」

クリームホワイトのクッションが部屋の壁際にドンと置かれてる。

ふわふわと柔らかそうな、ビーズクッションだった。

かなりビッグサイズで、ベッドとしても使えそうなくらいだ。

「人をダメにするクッション。いろいろ試したけど、これが一番なんだよ」

「白河《しらかわ》、そんなにダメになりたいのか？」

「わたしの周り、なかなかダメになってくれるヤツがいなくて」

「僕ならご期待に添えると？」

無礼な話だが、堕落への誘惑に勝てるかと言われると怪しい。

「ちょっと寝てみて、寝てみて」

「はぁ……」

普段から白河が寝転んでると思うと、気が引けるが……。

「おっ、これは確かに……包み込まれるみたいな……」

「でしょっ。灰瀬《はいせ》、わかってくれてんじゃん」

「…………っ」

白河は、ぐいっと僕を横に押しのけるようにしてクッションに座ってきた。

寝転んでる僕の脇腹に、スカート越しのお尻が当たってるんだが？

クッションよりも柔らかくて、あったかい体温が生々しくて……。

「寝てよし、座ってよしなんだよね。すぐに眠くなっちゃうのが欠点かな」

「……寝室が無駄になってるな」

僕をからかってるんじゃなくて、無意識に距離近いのがヤバいな。

「白河、プリン、食べるんじゃなかったのか？」

「そうだった」

白河はプリンとスプーンを取って、同じようにクッションに座る。

離れてくれるかと思ったのに、またお尻が脇腹に当たってるし……。

「プリン、灰瀬の分も食べていいよね？」

「プリン取ったら、許嫁《いいなずけ》を解消させてもらう」

「そこまでのことなんだ!?」

もちろん冗談だが、白河は食い意地が張りすぎだろ。

ガラス瓶に入った高そうなプリンで、これは真面目に食べてみたい。

お尻の感触から意識を切り離すためにも、じっくり味わおう。

「あ、美味《うま》い。トロトロでなめらかな口当たりだな。カラメルの苦みもちょうどいいし」

「そんな食レポはいらん！　二つ食べたかった！」

「欲張りすぎだろ！」

そう言う白河も、僕を睨《にら》みつつプリンを少しずつ食べている。

さすがに満腹で、一気には食べられないんだろう。

「わたしは友達のデザートをためらいなく奪える、空気読めないＪＣだから」

「空気を読めないどころか、関係をブチ砕きかねないな」

それでも、白河は校内では大人気。

転校生という美味《おい》しいポジションにもかかわらず、目立たない僕とは大違いだ。

「ところで、ウチのパパママはどうだった？」

「いい人たちだな。白河《しらかわ》のご両親とは思えない」

「遠回しにわたしを悪い子だと言ってる件について」

ぎろり、と睨《にら》まれるが僕は気にしない。

少なくとも良い子ではないだろ、僕を振り回してるんだから。今もまさに。

僕はプリンを食べ終え、ガラス瓶をひとまず床に置いて。

「でも、白河のご両親はなんというか……普通だったな。僕とギスギスしないまでも、もっと緊迫感あるかと思ってた」

「さっき、ピザが出たでしょ？」

「うん？　ああ、それも意外だったかも」

「普通の料理が出たのは、『無理して上流階級に入ってこなくていい』って意味だよ」

「……無駄な動きのないご両親だな」

たかがピザ、されどピザ。ちゃんと意味があったのか。

「わたしも両親の遺伝子を受け継いで、抜け目はないから要注意だよ」

「白河、無駄が多い気がするが。今も別に同じクッションに座らなくても……」

「え？　だって、ふわふわを一緒に――って、あっ！」

すすっ、と白河が微妙にお尻を僕の脇腹から離していく。

「こ、このクッション、二人用でもイケるから。灰瀬《はいせ》が変なこと考えなければ」

「……僕は一人用がいいかな」

「え？　そ、それって結婚したらダブルベッドじゃなくて、ベッド二つがいいって話？」

「話が飛びすぎだろ！」

許嫁《いいなずけ》の話もまだ咀嚼《そしゃく》しきれてないのに！

白河は顔を赤くして、こちらも食べ終えたガラス瓶を床に置くと。

「ごろごろ」

「な、なんだよ」

白河が擬音を口に出しながら、クッションの上で一回転。

肩で僕の身体《からだ》をぐいぐいと押してくる。

「別に。なんでもないよ」

「なんでもありそうなんだが……」

僕をクッションから落とそうとしてるのか、無意味にジャレてるのか。

どちらにしても——

「……やっぱり、白河は距離を詰めるのが早すぎないか？」

「早くても嫌がられることって、あまりないから」

「…………」

そうだったな、十人の経験がお有りなんでしたね。

この部屋に、その十人はやってきたんだろうか？

僕はただの十一人目であり、十二人目までの繋《つな》ぎなんじゃないだろうか？

「下にはパパとママがいるけど、ちょっとくらいなら……いいんじゃない？」

「そ、それは早すぎだろ……」

「お？　早すぎって、どこまでおっけーだと思ってたのかな、灰瀬《はいせ》は？」

「…………」

白河《しらかわ》がクッションに手をついて、ずいっと顔を近づけてくる。

濃いまつげと、信じられないくらいつるつるした頬《ほお》が目につく。

見た目は二〇歳くらいなのに、お肌は十四歳。いや、まだ十三歳だったか。

白河白亜《はくあ》は、大人と子供の良《い》いとこ取りのような魅力を持っている。

「ねえねえ、どこまで？」

「……しつこいな」

白河はニヤニヤと笑い、その唇がさらに近づいてくる。

「ちょ、ちょっと待っ——」

「なんてね。キスされると思った？」

「……猛スピードなんだろ？」

僕がそう言うと、白河はくすりと笑ってすっと顔を離した。

それでもまだ充分すぎるほど近く、つややかな唇もはっきり見える。

「わたしは許嫁《いいなずけ》だけど、キスはまだダメ」

「……結婚するまでは清いお付き合いって？」

どうも、さっきから僕は負け惜しみのようなことを言いすぎてる。

別になにかに負けたわけでもなんでもないのに。

「キスはダメ、としか言ってないよ。うん、まあ……まだ、キス以外もダメってことにしたいけど」

「………………」

さっ、と白河が顔を背けてぼそぼそと独り言みたいにつぶやいた。

なんなんだ、僕をからかったと思ったら、今度は赤くなってる。

どうも、白河白亜はいろんな意味で情緒不安定すぎる。

「とにかく！」

「わっ」

「この白亜さんとキスしたいなら――わたしを許嫁から花嫁にしないとね」

「猛スピードに付き合ってたら、どこかでぶつかって白河もろとも僕まで事故りそうだ」

「それでもいいじゃん」

「…………」

全然よくないと思う。

僕は事故は嫌いだし、事故って死ぬのはもっと嫌いだから。

しかし、僕は今日は本当になにをしに来たんだか……。

収穫と言えば、キスしちゃダメだと判明したくらいじゃないか。

逆に言うと――白河《しらかわ》が許嫁《いいなずけ》から花嫁に変われば、僕はこの唇にキスできるわけだけど。

5　私には親友がいる

白河家訪問から、数日。

僕も、真道《しんどう》学院中等部での学校生活にだいぶ慣れてきた。

「灰瀬《はいせ》、この前言ってたヤツ、持ってきたぞ」

「え、ガチで？」

休み時間、僕の席にやってきたのは委員長ツインズの弟だ。

なんだかんだで、今一番仲が良いのがこの男だったりする。

「やった、初版だ。これ、本当に読みたかったんだよ」

委員長弟が差し出してきた紙袋には、漫画が二十冊ほど詰まってる。

「こんな古い漫画が読みたいなんて、灰瀬も変わってるな。つか、電子で出てるだろ？」

「エゲつないブラックなギャグが規制されて、電子版は台詞《せりふ》が差し替えられてるんだよ」

「ふーん、ウチは家族が漫画好きだから、こういうのは書庫にけっこうあるんだ」

「書庫……」

委員長弟も、この真道に通っているのだから当然ながらお金持ちだ。

書庫なんて単語がさらっと出てくるあたり、普通じゃない。

「おっ、俺、この漫画知ってるわ。灰瀬《はいせ》、ちょっと貸してくれよ」

「俺も俺も。借りてくぞ、灰瀬」

わらわらと、クラスの男子どもが勝手に漫画を奪っていく。

委員長弟が苦笑だけで許しているので、僕が文句を言うことでもないが。

「おっと、姉貴が呼んでる。灰瀬、返すのはいつでもいいからな」

そう言って、委員長弟は姉の席へと歩いて行った。

「ふぅん、灰瀬もお友達増えたみたいだね」

「わっ」

今度は、隣の席の白河白亜《しらかわはくあ》が立ち上がり、僕の机に座ってきた。

「すっかり馴染《なじ》んでんじゃん。ああ、わたしだけの灰瀬だったのに」

「おい、言葉に気をつけよう」

近くの席で漫画を読んでた男どもが、睨《にら》みつけてきてた。

クラスに馴染んでよく理解できたが、白河の人気はアイドル以上だ。

同い年とは思えない、大人びていてスタイル抜群の美少女だから当然なんだが。

数日経《た》つのに、未《いま》だに校内放送での許嫁《いいなずけ》宣言の余波も収まってない。

「というか、僕に話があるなら自分の席から話しかければいいだろ。隣なんだから」

「男子って、女子に机に座ってもらいたいんじゃないの？」

「それは個人の性癖によるかな……」

僕は別に、白河が座った机に興奮することはない。

とはいえ、すぐ近くに白河のミニスカートから伸びる素足がある事実は、僕を動揺させてはいる。

「じゃあ、我が太ももで灰瀬の性癖を歪《ゆが》めてやろう」

「おい、やめろ」

この前のお宅訪問で、最後はキスがどうとかで変な空気になったのに――

白河はそれ以来も、特に変わった様子もなくマイペースに僕に接してくる。

「ただでさえ誤解されそうなんだから、あまり僕に近づかないほうが」

「誤解じゃないじゃん。普通に許嫁じゃん」

「…………」

周りの男子たちはもはや、漫画どころではなく、はっきり僕を睨んでる。

おかしい、僕と彼らはもう気安い関係なはずなのに、殺意を向けられるなんて。

「……今のところ睨まれるだけで済んでるけど、物理的被害が出たらどうするかな。御空《みそら》さんにクラヴマガ習うか」

「変だなあ、わたしが灰瀬を我が物にしても誰からも睨まれないね」

「上流階級ではストレートな皮肉は下品とされてるのか？」

遠回しに僕をモテないって言ってるだろ。

実際、モテてはいないが。

「コンビニスイーツ配って、みんなのご機嫌も取ったのにね。あれ、好評で一瞬で消えたらしいよ」

「お金持ちの子女の割に、お菓子で機嫌取れるのか、ここの生徒たち」

まあ、コンビニスイーツも美味《おい》しいし、育ち盛りの中学生なら喜んで食べるか。

「ところで、白河《しらかわ》。もうそろそろ、下りた下りた――っと」

白河のスカートのポケットに文庫本が突っ込まれていて、それが落ちてきた。

僕はとっさに手を出して、文庫本を受け止める。

「わ、ありがと。ポケットに入れてたの忘れてた」

「文庫本とは、似合わないアイテムを持ち歩くな」

白河の本棚を見ているとはいえ、持ち歩くほど本が好きとは思わなかった。

「あ、それ読み終わったから灰瀬《はいせ》に貸してあげる。ページの端折《はしお》ったり、マーカーでライン引いたりしないでね」

「意外と細かいな」

端を折るのはともかく、教科書じゃないんだからラインなんか引くか。

今、漫画を借りたばかりなのに、また本を貸されてもなあ。

花柄のブックカバーがついた文庫本を、ぱらっとめくってみる。

「……平家物語《へいけものがたり》？　また、なんでこんなものを」

「わたし、自分の衝動を説明することはできない」

「なるほど、それはそうだ」

なぜ、この本を読みたくなったのか。説明できそうで、難しい事柄かもしれない。

「祇園精舎《ぎおんしょうじゃ》の鐘の声、諸行無常《しょぎょうむじょう》の響きあり。娑羅双樹《さらそうじゅ》の花の色、盛者必衰《じょうしゃひっすい》の理《ことわり》をあらはす……か」

「へぇ……」

「ん？」

白河が、感心したような目を僕に向けてきてる。

「やっぱ灰瀬、いい声してるね。朗読も抑揚がついてて上手《うま》い。アナウンサーとか声優とか目指したら？」

「またその話？　いや、別に普通じゃないか……？」

抑揚をつけてるつもりもないんだけどな。

実のところ、白河以外にも声がいいと言われたことはある。

でも、たまたま通りやすい声質というだけで、たいしたことじゃない。

「あ、そうか。今ならＹｏｕＴｕｂｅｒとかＶＴｕｂｅｒか。よし、白河家の財力をフル活用して機材を揃《そろ》えよう。ちょっと待って、御空《みそら》に頼んだらものの二時間もあれば――」

「待て待て、マジでスマホを取り出すな！」

そんな思いつきで、大企業の力を駆使されても困る！

「転校してきたばかりなのに、誰かさんのおかげで悪目立ちしてるから、今後はおとなしく生きていきたい」

「灰瀬《はいせ》、アメちゃん食べる？　はい、あーん♡」

「話聞けよって、んんっ！」

白河《しらかわ》は棒付きのキャンディを強引に僕の口に突っ込んできた。

「どう？　おいちい？」

「お、おいちい、じゃないだろ」

ニヤニヤ笑っている白河に抗議する。

白河の「あーん」で、周りの男子たちの殺意が跳ね上がったぞ。

「もうすぐ休み時間終わるのに、こんなもん食べて――ん？」

アメを噛《か》み砕《くだ》こうとしたとき、ふと気づいた。

僕の席は教室の廊下側の一番後ろだ。

すぐそばに扉があって、そこに――

「……イチャついてんじゃないわ」

長い黒髪の女子生徒がいて、そんなことをつぶやいて。

ぎろり、と僕を睨《にら》むとつかつかと早足で去って行った。

「……僕、女子にまで恨みを買ってるのか？」

「人に恨まれてばかりの人生はしんどいね」

「僕が恨まれてるとしたら、誰のせいかなあ？」

白河《しらかわ》は女子にも人気があるのは知ってたが、恨まれるほどなのか……？

「まあ……灰瀬《はいせ》、頑張ってね」

「ちょっと待った。もしかして、さっきの黒髪ロングさん、白河の関係者か？」

明らかに含みのある言い方だったぞ。

「…………」

さっ、と僕から顔を逸《そ》らす白河。

お互いの親との顔合わせに続いて、なにが起きようとしてるんだ？


そのイベントは、昼休みに起きた。

パンを買って、屋上への階段を上がっていると――

「灰瀬 譲《ゆずる》！」

「ん？」

屋上への出入り口前に、一人の女子生徒が立っていた。

黒髪ロング、髪の量がたっぷりしていて、ツーサイドアップにしている。

やや幼さを残しながらも、ちょっと圧倒されるほどの美貌で。

上は派手な赤のカーディガン。

グレーのスカートは膝より上で、黒いタイツをはいている。

「あれ、どこかで会ったことあるような……？」

「あんた、記憶力ないの？　ついさっき、顔を合わせたばかりでしょ！」

「んー……ああ」

さっきの休み時間、白河にキャンディを食わされたときに僕を睨んでた女子だった。

「ちょっと、付き合ってもらえる？　ちなみに拒否権はないわ」

「じゃあ、その質問自体が無意味じゃないか」

「ただの礼儀よ。私は気に入らない人間が相手だからといって、礼を失するような教育は受けてないわ」

「……気に入らない人間なんだ、僕」

今日会ったばかりでいきなり嫌われるほど、ムカつく顔をしてるのか？

「で、君は白河白亜《はくあ》の関係者なのか？」

「初対面から偉そうな口ぶりね。まあ、今さらあんたに無礼を重ねられたところで、たいして変わりはないか」

「僕、君にどんな無礼を働いたっけ？」

「いいから、ちょっと来なさい」

黒髪ロングの生意気ご令嬢は、さっさと屋上に出ていった。

屋上は僕の目的地なので、彼女についていくことに異論はない。

「灰瀬《はいせ》くん、昼食はパンだけ？　男子にしては少食ね」

「君付けしてくれるんだ。二つあるし、充分じゃないか？」

僕は空いていたベンチにさっさと座り、手に持っていたパンと飲み物を膝に乗せる。

黒髪ロングのご令嬢も、僕から距離を取って同じベンチに腰掛けて弁当を広げた。

「僕とお昼ご飯食べていいのか？　友達とかは？」

「ちゃんと断りを入れてきたわよ。あんたこそ、いいの？」

「まだ友達少ないからな。友達に用があると、あっさりぼっちだよ」

たまに一人でお昼を食べたくなるし、別に気にしてないが。

「それより、ずいぶん立派なお弁当箱だなあ」

「こんなのどこにでもある安物よ」

彼女が膝に乗せている弁当箱は小さめだが、漆《うるし》塗りで高級そうに見える。

俵形のおにぎり二つに、鮭《さけ》の塩焼き、豚のしょうが焼き、それに玉子焼き、野菜の煮物、漬物が二種類。

「中身は割と庶民的だな」

「誰がお弁当の批評を求めたのよ。なに、好きなおかずとかあるなら分けてあげるわ」

「……玉子焼きかな」

態度がキツい割に、意外と優しい。

「じゃあ、ほら。まだこのお箸使ってないから、大丈夫よ」

「はぁ、どうも」

彼女は玉子焼きと、しょうが焼きまで一切れずつ弁当のフタに置いて僕のほうに差し出してくれた。

実はしょうが焼き、美味《おい》しそうなので気になってたんだよな。

メインのおかずだろうから、遠慮したんだが。

「割り箸もあるわ。ほら、これ使って」

「気が利いてるな。じゃあ、いただきます……って、美味《うま》っ！　肉も良《い》いけど焼き具合もタレも絶妙だ！」

「……っ、そ、そんな大声で褒めなくてもいいでしょ」

彼女は、顔を赤くしてそっぽを向いている。

もしかしなくても、このお弁当は彼女の手作りらしい。

僕のカンだが、このオンナ、チョロいんじゃないか？

「ウチはレストランとか飲食業メインなの。料理くらいできて当たり前でしょ」

「そういうもんなんだ」

というか、家が事業を営んでるのは当たり前、みたいな話し方だな。

僕なんて天条寺家《てんじょうじ》が具体的にどんな事業をやってるのか、よく知らないぞ。

「そんなことはいいの。それより……あんたが、ハクの十一人目ね……」

「ハクって……白河白亜《しらかわはくあ》のことだよな？」

「私、あの子とは長いの。もう五年も友達やってるの」

「五年ね……」

確かに、かなり長いと言っていいだろう。

進級のたびに人間関係をリセットするような僕には、二年以上付き合いが続いた友人すらいない。

「ところで、白河との関係はわかったけど、まだ君の名前も知らないんだよな」

「あっ……！」

マジで気づいていなかったらしい。

「そ、そうね。自己紹介くらいはしないと。私、紅坂緋那《べにさかひな》。あんたと同じ二年よ」

「よかった、今度の中二は規格内で」

この紅坂という人は、身長は僕より数センチ下、一五五センチ前後だろう。

胸のサイズとかも小さくはないが、たぶん平均ってところだ。

「……ハクも、あれで本当に中二よ？」

「まだちょっと疑ってるけど、偽装する理由もないから納得することにする」

中身は食い意地が張ってたり、割とお子様——中学生らしいしな。

「ん？　緋那？　どっかで聞き覚えがあるような……」

「珍しい名前でもないでしょ。漢字はちょっと珍し——そうよ！　あんたも知ってるはずよ！　校内放送で人の名前呼んだときに、あんたもハクと一緒だったでしょ！」

「そういえば……白河が誰か女子の名前を呼んでたっけ。後始末を押しつけてたような」

「放送室に残されてた大量のスイーツをみんなにお裾分けして、放送室の戸締まりして、なぜか私が先生方にも謝ったんだから！」

「思った以上に後始末させられてた」

「あんたも共犯よね……？」

「……あの頃の僕は右も左もわからない転校生で。主犯は白河です」

「まあ……いいわ。もう終わったことだし」

高圧的な態度の割には、紅坂は話がわかるらしい。

「いえ、それよりハクの話よ」

「つまり、紅坂《べにさか》──真道《しんどう》では、さん付けはいらないんだったか。紅坂は友達の許嫁《いいなずけ》が気になって、僕に声をかけてきたわけか」

「察しがよくて助かるわ」

「でも、どうしてその若さで寝取りプレイに目覚めたんだ？」

「親友の許嫁を奪いに来たんじゃない！」

紅坂は、弁当箱をひっくり返しかねない勢いだ。

「脈絡もなく、人を特殊性癖の持ち主にしないで！」

「軽い冗談なのに……」

「初対面の相手に、えげつない冗談を放つわね。ハクじゃないんだから、そんなスピード感なくていいのよ」

「すみません」

いきなり男の部屋にやってくる白河《しらかわ》よりはまともだと思うが、怒られてしまった。

「親友の十一番目の男は、紅坂のお眼鏡にかなっただろうか？」

「十一番目の男？　ああ、まあそうとも言えるのよね……」

「他になにか言いようがあるのか？」

「別に、その十人はハクのカレシってわけじゃないし。ただの許嫁ってだけでしょ」

「え？」

あれ、そうなると話は違う……。

というか、そう考えるのが正しかったのか？

でも、確かに白河は過去にカレシが十人いた、とは言ってない。

「待った、白河って過去に十人も許嫁がいたのか？　それはそれでおかしくないか？」

「白河家って、真道でも飛び抜けた名家よ。そこの令嬢と結婚したい家なんて、いくらでもあるの」

「狙いは白河本人じゃなくて、白河家なのか」

「引っかかるみたいね？」

じいっ、と紅坂が含みのある目つきを向けてくる。

「白河家と結婚するレベルの家になると、本人と家のことは切り離せないの。良い悪いの問題じゃなくて、前提としてすり込まれてるの。灰瀬《はいせ》くんが引っかかる気持ちもわかるけど、切り離して考えることは難しいのよ」

「難しくてもやるべきだろ。白河は、家の付属物じゃないんだから」

僕は負けずに紅坂を睨《にら》み返《かえ》す。

おとなしそうに見られるし、流されやすいが、僕は決して気の弱い人間じゃない。

「勘違いしないで、灰瀬くん。ハクは家から解放されることなんて望んでないから」

「……金持ちのお嬢さんは家に縛られてて、家柄とか婚約者とかから自由にしてくれる男を好きになるのがテンプレじゃないのか？」

「漫画の読みすぎよ、あんたは」

明らかにアホを見る目をされている。

もちろん、半分冗談だったし、僕は白河《しらかわ》を解放してやろうなんて思ってない。

「でも、確かに灰瀬《はいせ》くんは家柄は特殊かもね。だからこそ、人柄のほうが問題になるわけだけど……」

今度は、値踏みするような目を向けてくる。

紅坂《べにさか》の本来の目的は、僕の品定めってわけか。

ただし――僕のほうも、紅坂に探りを入れておいたほうがいいか。

この紅坂緋那《ひな》も、なかなか厄介そうな人だからな。

「白河のことを本気で心配してるのかな、紅坂は？」

「別に。ハクはろくでもない許嫁《いいなずけ》はすぐに切り捨てるし。心配なんかしてないわ」

「…………ツンデレ？」

「違ーう！　ホントにハクはあれでしっかりしてんの！」

「どちらかというと、ちゃっかりって感じだけど……まあ、友達の紅坂が言うならそうなんだろうな」

僕はまだ、白河白亜《はくあ》の性格を把握できてるとは言えない。

一生かかっても把握できない気もするが。

「でも、友達の許嫁がコロコロ変わったら、さすがに気になるんじゃないか？」

「別に、許嫁を取っ替え引っ替えってわけじゃないのよ」

「ああ、そこは単なる軽口というか、冗談というか」

「ハクはね、誰にでも優しいわけじゃない。全然違う」

「んん……？　なんの話だ？」

「気に入らない人には、とことん塩対応よ。しっかり距離取るし」

「そう……なのかな？」

クラスでの白河に、尖《とが》ったイメージはない。

とはいえ、あのホテルで絡んできてた男への態度はかなり冷淡ではあった。

あれが、〝気に入らない人へのデフォの態度〟なのだろうか？

それに、この前の家での挑発的な態度も――白河白亜は複雑な人格の持ち主らしい。

「親が選んだ相手十人と付き合ってみて、それでダメだったら自分で選ばせてほしいって話なのよ」

「え？　自分で選んだ……？」

許嫁、といえば当然ながら親が選ぶわけだろう。

自分で許嫁《いいなずけ》を選ぶ、というなら話が違う。

それって要するに〝告白〟と大差ないのでは――？

しかも、十人付き合ったあとの、その次の許嫁って――僕、だよな？

「そう。なんで灰瀬《はいせ》くんを選んだのかまでは知らない。でも、ハクって――」

「あああっ！」

屋上に、ひっくり返ったような大声が響き渡った。

「し、親友に許嫁を寝取られてる……!?」

「こんなの、私の趣味じゃないわ！」

「白河《しらかわ》のせいで、僕が流れ弾くらってる」

屋上に現れたのは、白河白亜《はくあ》だった。

紙パックのジュースを手に持っている。

「なんてね」

白河は笑うと、パックのジュースをちゅーっと飲む。

なにやら大変な誤解を――しているわけもなく、ただのボケだったらしい。

「それで紅坂《べにさか》、〝ハクって〟の続きは？」

「あれ、許嫁がわたしを無視して話を進めてる？」

「ハク、前から訊《き》きたかったのよ。許嫁に縛られるなんて、あなたらしくもない。本当は、最初から結婚するつもりなんてないんじゃないの？」

「おいこら、親友がデリケートな話を許嫁の前で暴露《ばくろ》ってる！」

がるる、と白河が唸《うな》りながら紅坂を睨《にら》みつけている。

確かに、紅坂はデリケートな話をさらりと話しすぎじゃないだろうか。

「いいけどさあ、たいした話でもないし。あ、許嫁の灰瀬は気になっちゃう？」

「僕らの場合、結婚するつもりがないほうが自然だろ。世間的にはまだ子供だよ」

「灰瀬も緋那《ひな》も、さらっと結婚を否定してくれるよね」

白河は許嫁と親友に大いに不満があるようだ。

「でもまあ、緋那がそんなにわたしの将来を気にしてたとは」

「……気にするに決まってるでしょ」

紅坂は、なぜかうつむきながら言った。

なんで誰も彼もが結婚なんて、中学生には無縁であるはずのワードをそこまで気に懸《か》けてるんだ？

「それで、どう、緋那？　灰瀬は合格？」

「まだ一〇分も話してないんだから、わからないわよ。こいつが良《い》いヤツか悪いヤツかなんて」

「ま、緋那はわたしほど猛スピードで生きてないもんね。ああ、灰瀬は悪いヤツだよ」

「おい」

僕はチャラ男に絡まれてた見知らぬお姉さんを助けるような男だぞ?

「ちょ、ちょっと、灰瀬《はいせ》くん」

紅坂《べにさか》が僕の肩を掴《つか》んで、ぐいっと顔を近づけてくる。

この人も可愛《かわい》いのに、たいがい無防備だな。

「ハク、猛スピードとか言ってるけど、その……へ、変なこととかしてないわよね?」

「お互いの家を訪ねるのは、僕的には変なことだな」

というか紅坂、なんか妄想をたくましくしてないか?

「い、家っ!? そ、それは急ぎすぎじゃない? け、結婚のご挨拶とか?」

「僕らまだ中学生なんだって」

長身の白河《しらかわ》を見てると、今でもたまに歳《とし》を勘違いしそうになるが……。

「変なことどころか、キスもダメだよ。ねえ、灰瀬」

「……そういうことらしいよ」

「キ、キスって……中学生には早すぎるでしょ!」

「だから、ダメって言ってるんだって」

「あ、そうか……」

紅坂はやっぱり、妄想しすぎている。

あと、中学生にキスってそこまで早すぎないと思う。

「だって、わたしのキスは特別だからね」

「………？　死んだお姫様が生き返るのか？」

白河はにっこり笑って、思わせぶりに僕を見てるが——

「灰瀬のお姫様は寝てても簡単にキスさせないよ」

「どこにいるんだ、僕のお姫様」

もちろん、僕は寝込みを襲ってキスしたりはしない。

でも、キスが特別っていうのは——女子中学生ならそう考えても不思議はないか？

「でも、そうだね。許嫁《いいなずけ》なのにキスもダメとか言われると灰瀬も可哀想《かわいそう》だよね。緋那《ひな》、キスさせてあげてくれる？」

「ああ、それくらい——って、いいわけないでしょ！　なんで私が親友の許嫁とキ……キスなんて！」

「屋上で親友が私の許嫁とキスしてた……うーん、ラブコメ感」

「し、しないわよ！　あんたたちこそ……ま、まずはデートとか！」

「あ、緋那、それ採用。灰瀬、デート日曜！」

なんてことだ、紅坂《べにさか》が適当なことを言うからまたイベントが発生してしまった。

その紅坂は「デ、デート……えっちだ……」とかわけのわからんことを言って、一人で顔を赤くしている。

お互いの親に挨拶してから、お互いの家を訪ねて、彼女の友人と顔合わせして。

それから、デート。

僕は男女交際の経験はないが、順番がメチャクチャすぎないだろうか……？

「なんで韻踏んだ!?」

6　私はデートがちょっと怖い

白河《しらかわ》家本邸には、一階と二階に一つずつ洗面台がある。

二階の洗面台は白亜《はくあ》専用で、周りに置かれている化粧品もすべて彼女のものだ。

「ふぅ……」

白亜は丁寧に顔を洗い、タオルでゆっくりとぬぐった。

ヘアバンドを外し、さっと髪を整えて鏡に目を向ける。

白亜の肌は毎日の手入れのおかげかきめ細かく、色も白すぎるほどだ。

同級生の女子には軽くメイクをしている者も多いが、白亜は特になにもしていない。

むしろ、白すぎる肌をごまかすべきかと思っているくらいだ。

じっ、と白亜はそんな自分の顔を見つめて――

「さあ、行くぞ、ハクア。準備はいいか？」

鏡に映る自分に、彼女は語りかける。

「次なんてないんだから。彼が最初で最後なんだから――」

デート——じゃなくて、お出かけの待ち合わせ場所は横浜駅《よこはま》だった。

正確に言うと、横浜駅の改札の出口だった。

定番の待ち合わせ場所で、日曜の今日は人待ち顔もよく見られる。

「やほー、灰瀬《はいせ》！」

「わっ」

いきなり後ろから肩を叩《たた》かれ、僕は振り向いた。

そこに立っていたのは、もちろん白河白亜《しらかわはくあ》だ。

袖が余っていて、広い襟元からタンクトップが覗《のぞ》く薄手パーカー。

さらに太もももあらわなホットパンツにニーソックス。

長い髪はそのまま背中に下ろし、キャスケットをラフにかぶってる。

ボーイッシュ……なんて言い回しは古語なんだっけ。

「……今日はずいぶんイメージ違う格好だな」

「わたし、どんなカッコしても似合うから」

「自分で言うのか」

「ジャージにスウェットでも、わたし可愛《かわい》い！」

「負け犬トレーナーもよく似合ってたな」

「それは忘れろと命じた」

じろっ、とお嬢様に睨《にら》まれてしまう。

「まあ……可愛《かわい》いことは認めてもいいか」

「うぇっ……」

不意をつかれたように、なにやら嫌な顔をする白河《しらかわ》。

「なんかなあ……灰瀬《はいせ》に褒められると、裏を疑っちゃう」

「僕には裏なんかないよ。思ったことを口に出すだけ」

白河の外見を褒めるのは気が進まないが、可愛いことを否定するのも難しい。

「別に白河を喜ばせようとしたわけでもないし」

「ツンデレだなあ、灰瀬は。わたしは喜ばせようとしてるよ。わたしがデートに誘ったら、だいたいの男の子は喜ぶよね？」

「デートだったらな」

これはただのお出かけであり、僕と白河は許嫁《いいなずけ》同士であっても恋人ではない。

「ま、確かにデートじゃないか。ほら、お見合いで『あとは若いお二人で』とか世話焼きおばさんが本人たちを二人きりにして、ホテルの庭園を散歩したりするじゃん？」

「デートじゃなくて、腹の探り合いってわけか」

そういうことなら、僕としても受け入れやすい。

「ツンデレで、おまけにひねくれてるなあ、灰瀬は。ま、いいや、行こう。せっかくだし、灰瀬もボーイッシュコーデでオソロにしよう」

「僕は元からボーイッシュなんだが」

というか、ボーイッシュって表現でいいのか。

そんなこんなで。

本当に、白河に服屋さんに連れてこられてしまった。

なぜか照明が薄暗く、奇妙なリズムの洋楽がかかっているお店だ。

一般的な値段の品揃《しなぞろ》えのお店ではあるが――

店員さんがみんな、ファッション誌的ファッションに身を固めたオシャレ上級者感漂う人たちだ。

「あまりこういうお店は落ち着かないな」

「普段、灰瀬はどんなお店で買ってるの？」

「通販」

僕くらいになると、安売りの量販店どころかリアル店舗には寄りつかない。

「えぇー、だって服とか靴とかはサイズあるし、実際身につけて試さないとわからないじゃん。着心地《きごこち》もあるから、バーチャルで試着とかもダメじゃない？」

「そういうのを気にしない人は、通販で充分なんだよ」

実際、通販で服を買って困ったことはない。

「それとも、白河白亜《しらかわはくあ》と並んで歩く男はダサいファッションじゃ不合格ってことか？」

「別にダサくはないよ、それ」

僕の本日のファッションは、白い長袖シャツに黒のズボンというおとなしいシロモノだ。モノトーンは僕を裏切らない。おとなしい僕をおとなしく飾ってくれる。

「ダサくはないけど、逃げてるね。もっと積極的に笑いを取りにいかないと！」

「許嫁《いいなずけ》を笑いものにしようとするなよ」

「わたしは笑顔の絶えない人生を送りたい。だから、灰瀬《はいせ》は有望株なんだよ」

「白河、僕をオモチャにしようとしてないか？」

「あ、店員さーん、わたしのこんな服みたいな感じで、この男に上から下まで見立ててもらえます？　とりあえず、お値段は上限なしで」

白河が上客だと気づき、店員が満面の笑みを浮かべる。

店員さんは笑顔のままで僕を引っ張って、シャツだのパンツだのを数着手に取っては、試着室へと連れて行く。

僕、服屋の店員とか苦手なタイプなのに……！

ああ、そうだよ、店員と話したくないから通販で服を買ってるんだよ！

とはいえ、商売っ気《け》全開の店員さんに逆らえるわけもなく――

「お客様、こんな感じでいかがでしょう」

「うむ、いいね」

やりきった顔の店員さんに、姫君は満足げな笑みを浮かべた。

僕は小さめのTシャツに、細いシルエットのパーカーを着て、だぶだぶのズボンをはき、キャップもかぶらされている。

ボーイッシュというか、ラッパーとかヤンキーというか……。

「ていうか、あれ？」

姫はなにかご不満な点でもあるのだろうか？

「おかしいな、灰瀬、意外にかっこいいじゃん？」

「そんなに不服か？」

いや、僕は自分がかっこいいと思ったことは生涯で一度もないけどさ。

「十人、イケメンが続いたから、白亜ちゃんは面食いじゃなくて男の子の中身も見てるって証明しようとしたのに。灰瀬がかっこよかったら、話が変わってくるじゃん」

「まるで僕が悪いかのようだな……」

「いいから、灰瀬。ちゃんと見てみて。ほら」

「そう言われても……やっぱり、あまり似合って――」

「そんなことないって」

僕の後ろに白河が立ち、両肩を掴《つか》んできてる。

白河《しらかわ》のほうが背が高いので、僕の肩からぴょこんと彼女の顔が覗《のぞ》いている。

確かに、オソロというか僕と白河は似たような格好だ。

「興味がないことも、試しにちょっとやってみるっていうのも、よくない？　灰瀬《はいせ》、こんな格好も似合うって知らなかったでしょ？」

「……似合ってるか、これ？」

「今時ペアルックのイタいカップルになろう」

「やっぱり僕をオモチャにしてるだろ!?」

僕らは断じてカップルではないのだが。

でも、鏡の中の〝同じような格好をした少年少女〟はお似合いに見えてしまった。

たぶん、おそらく、錯覚だな。

「はー……家系《いえけい》ラーメン、ガチ美味《うま》かったー♡」

「初の家系とか、冗談だと思ってたよ」

僕らはラーメン屋で昼食を取り、ふらふらと歩いている。

白河は横浜《よこはま》にずっと住んでいて、家系ラーメンは今日が初めてだったらしい。

なぜそんな無意味な苦行《くぎょう》をするのか意味不明だ。

「海苔《のり》とほうれん草もよかったけど、もちもちしたメンがすっごく美味《おい》しかったー。スープもガツンと濃くて、シェフを呼ぼうかと思ったよ」

「シェフ、すぐ目の前にいたけどな」

ラーメン屋は、だいたい客に見えるところで調理してるだろう。

「次はスープ濃い目、チャーシューメンもいいかな。灰瀬、明日も空いてるよね？」

「ラーメン連チャン!?」

「人生の食事の数は限られてんだから、美味しいものをドンドン食べないと」

「よく聞くフレーズだな」

食事は美味しいに越したことはないが、そこまでの強迫観念は持ち合わせてない。

「まあ、そんだけ食うから縦に伸びたのか。ちょっとは横にふくらまないと、反省しそうにないな。次は二郎《じろう》系いってみるか」

「おいおい、なんか悪口言ってる？　二郎でも一蘭《いちらん》でも天一《てんいち》でも蒙古《もうこ》タンメンでも、なんでも来いやだけど」

「なにがあっても反省なんてしそうにないな、白河は……」

本気でラーメン屋巡りに付き合わされそうだ。

スイーツだのラーメンだの、さすがに食べすぎは身体《からだ》に悪い気がする。

「ラーメンのせいかな。なんか、熱くなってきた。キャップだけでも脱いでいいか？」

「えー、それがいいのに……まあ、しゃーない」

姫君のお許しが出たので、僕はキャップを脱いで乱れた髪をかき上げる。

「あ……」

「ん？　ああ、もしかしてこの傷？」

白河《しらかわ》が、ぽかんとして僕のほうを見ていたので、あらためて髪をかき上げてみせる。

「この前、グレーな手で調べた僕の経歴にもあっただろ。小四の——春だったかな。事故に遭ったことがあるんだよ。そんときの傷」

普段は前髪で完全に隠れてるが、額の左側のほうに白いギザギザの傷痕《きずあと》がある。

「この傷自体はたいしたことなかったから。アイドルじゃあるまいし、傷があっても困らないしな」

「ふーん……」

白河はじーっと興味深げに傷痕のあたりを見つめてる。

「灰瀬《はいせ》、ちょっと触っていい？」

「は？　べ、別にいいけど……」

僕らは、ちょうどそこにあったコンビニの前で立ち止まる。

白河は迷わず、僕の髪をさっとかき上げて——右手の指先でさわさわとくすぐるような優しさで傷痕を撫《な》でてくる。

「うっ……」

「え、もしかして痛い？」

「い、いや、くすぐったいというか……」

「そうなんだ。うーん……うん、ありがと。痛いの痛いの飛んでけ、やっとく？」

「だから痛くないって」

事故に遭ったのは四年も前だ。

未《いま》だに痛みが残っているようだったら、大事《おおごと》だろう。

「よっしゃ、それならよし！」

「うわっ」

白河は僕の髪をわしゃわしゃとかき回すようにしてくる。

「な、なにするんだよ。一応、ブラシくらいは入れてきたのに！」

「わはは、灰瀬の髪、柔らかくて触《さわ》り心地《ごこち》いいね。くせっ毛なのに」

「放っといてくれ。まったく……」

僕は白河の魔手から逃れ、なんとか手櫛《てぐし》で髪を整えてみる。

「直さなくてもいいのに。ところで次のカラオケ、灰瀬はなに歌う？」

「次がカラオケって初耳なんだが？」

「照れんなよ。カラオケは恥ずかしがらずに大声で歌うもんだって」

「僕を音痴だと決めつけてないか？」

音楽に関してはごく普通……だと思う。たぶん。

「というか、カラオケって。普通の店で買い物とかラーメンとか、ずいぶん庶民的な遊びが続くじゃないか」

「別に灰瀬《はいせ》に合わせてるわけじゃないよ。ただ、そうしたいだけ。わたしはそんな気遣いができる心優しい美少女じゃないしね」

「そうっすか」

ワンチャン、実は心優しい少女の可能性に懸《か》けていたが、本人が打ち砕いてくるとは。

「そういう灰瀬は、普段どんなトコで遊んでるの？」

「いや、別に……」

「趣味の一つもないってことはないでしょ？　なんかあるんじゃない？」

「……ヒ、一人カラオケ《ヒトカラ》」

くっ、前の中学でもあまり人に言ったことなかったのに。

白河《しらかわ》は、にんまりと笑って。

「なんだ、カラオケで合ってたんじゃん。わたし、グッドチョイスじゃん」

「いや、待ってくれ。それは違う。僕が好きなのはヒトカラであって、カラオケじゃないんだ。似て非なるモノなんだ」

「そんな、ぼっちカラオケを熱く語られても」

「ぼっち言うな。周りの評価を気にしなくていいし、好きな歌を好きなだけ歌えるし、延長してもいいし、なんなら途中で帰ったってかまわないし、ヒトカラ最高だろ」

「普段、周りに気を遣ってる人が言うなら納得してたかも」

「……マイペースなのは白河も同じだろ」

でも、僕は気を遣わないわけじゃないぞ。

他人に気を遣わなきゃいけない状況を避けているだけだ。

「いいんだよ、とにかく一人で歌うのが好きなんだから」

「なんか可愛《かわい》いなあ、それ。灰瀬が一人で楽しそうに歌ってるトコ、陰からこっそり眺めてみたい」

「可愛げがないことは保証するよ」

自分のヒトカラを客観的に見たことはないが、面白いわけがない。

「でも、ヒトカラは意外なような、そうでもないような趣味だね」

「そんなに頻繁に歌ってるわけでもない。僕は趣味に乏しい人間なんで」

「女漁《あさ》りでもしたら？　ウチの学校、美人のお嬢様だらけだから、どれを選んでも大当たりだよ」

「許嫁《いいなずけ》への台詞《せりふ》とは思えないな！」

「あくまでわたしは、許嫁《いいなずけ》なんだよ。だから、別にいいんじゃない？」

「ん……？」

僕は、ふと立ち止まった。

今の白河《しらかわ》の台詞《せりふ》、どういう意味だろう……？

「ただ、〝大人になったら結婚する〟ってだけの関係だからね。浮気《うわき》なんていくらしたっていいんだよ。結婚するときにオンナと手切れしてくれたら」

「手切れって、人聞きが悪いな！」

完全に、結婚するまでの遊びじゃないか！

「それはもちろん、このわたし、白亜《はくあ》ちゃんにも同じことが言えるわけだからね」

「……やっぱり上流階級の世界は乱れてないか？」

「結婚相手に潔癖を求めるほど時代錯誤じゃないってことだよ」

「まあ……誰でもなんでも現代に合わせてアップデートしないとな」

多少モヤるのは、僕こそがアップデートされてないからか？

繰り返し確認するべきだが、白河白亜は恋人でもなんでもない。

出会ったばかりで、友人と言えるかすら怪しい――

「あ」

「ん？　どうかしたのか――って、雨か」

ぽたたっ、と顔に雨粒が当たってくる。

かと思ったら、あっという間に本降りになってしまう。

白河の薄手パーカーもずぶ濡《ぬ》れになって、その下のタンクトップが透けている。

「もうー、さっきまで天気よかったのに！　ああん、白亜ちゃんびしょびしょ！」

「変な声出すな！　なんか、ゴロゴロ雷まで聞こえるような……屋根のあるところに逃げ込まないと！」


「ふぁー、大変だ大変だ」

「白河、こっちのタオルも使っていいよ」

僕は受付でレンタルしてきたタオルの一枚を、白河に差し出す。

わずかな間にどしゃ降りをまともにくらったせいで、白河の長い髪がぐっしょりだ。

「あ、そうか。ネカフェならドライヤーもあるんじゃないか？」

「わたし、ナノケアのドライヤーしか使わないから」

「……砂漠で遭難してもミネラルウォーターしか飲まないとか言い出しそうだな」

お嬢様は贅沢《ぜいたく》であらせられる。

「あ、服もけっこう濡れちゃったな……乾いてもこれを着たままっていうのはなあ」

「だったら、元の服を着ればいいじゃん。わたしも着替えよっと」

「え」

確かに、さっきのお店で白河《しらかわ》も服を買ってたし、僕はラッパースタイルから元のモノトーンコーデに戻ればいいだけだ。

「先に僕が外に出てるよ。この部屋、外から見えないし、カメラもないみたいだな」

「おっと、待った。さっさと着替えないと風邪《かぜ》引くよ。わたしもそこまでサービスする気ないから、後ろ向いて着替えればいいじゃん」

「…………」

こやつ、本気で言ってるのか。

僕らが入った部屋は、ゆったりくつろげる〝カップルシート〟。

深い意味はないが、どうせなら広い部屋にしようとお金持ちの白河さんがマネーにものを言わせたのだ。

「というか、灰瀬《はいせ》がこっち向いてたら着替えらんない」

「うっ……わ、わかったよ」

僕は白河に背中を向け、壁際に寄って距離を取る。

さっきお店で着替えたときに袋に入れておいた、シャツとズボンを取り出す。

「うわぁ……下着まで濡《ぬ》れちゃってる。あったかいから薄着で来たの、失敗だったなあ」

「…………」

白河さん、お着替えの実況はいらないです。

とりあえず、僕は背後を警戒しつつ手早くズボンを穿《は》き替え、シャツを着た。

考えてみれば、僕だって女子のすぐそばで着替えるのは恥ずかしい。

白河の場合、こっそり着替えを観賞してくる可能性すらあるし――

「ん？　あれ、くそっ、このホットパンツ、キツっ……わおっ！」

「わっ！」

ドオン！と凄《すさ》まじい轟音《ごうおん》――建物が震えそうなほどの落雷の音が響いて。

僕は思わず跳び上がり、白河にぶつかってしまう。

「…………！」

顔を豊かな胸のふくらみに埋《うず》め、細い腰に腕を回してしがみつくようにしていた。

「……ごめん」

「灰瀬、雷は苦手？」

「白河は割と平気そうだな……」

「自分に落ちてこなければ平気かな」

雷が鳴って、男子が女子にしがみついてる――立場が逆じゃないか。

「このホットパンツ、キツめなんだよね。脱ぎにくくてさあ」

「…………っ」

　つい、視線を下げて、白河《しらかわ》のホットパンツのほうを見てしまった。

　前ボタンが外され、ピンクの下着がちらりと覗《のぞ》いてる……！

　脱ぎかけのところを、僕が衝突してしまったらしい。

「ん……？」

　しかも、今気づいた。

　白河はパーカーの下に着ていたタンクトップも脱いで——上はピンクのブラジャー一枚という格好だった。

「ずいぶん、まじまじと見るじゃん……」

「わっ……わ、悪い！」

　雷に驚いてぶつかった挙げ句、下着姿をガン見とか、なにをしてるんだ？

　慌てて白河から離れて、再び背を向けようとして——

「…………」

　ふと、僕は固まってしまう。

　僕がぶつかったせいなのか、白河のブラジャーの右胸が——少し上にズレている。

　中二とは思えない大きな胸のふくらみの下半分が見えている——それだけでも驚くには充分なのに。

「ああ、これ？　灰瀬《はいせ》の額のと同じ。これも隠すほどのことでもないよ」

白河はあっけらかんとしてる。

胸のふくらみの下に、薄い線のような傷痕《きずあと》がある。

「手術の跡。右肋間開胸《みぎろっかんかいきょう》って言うんだってさ」

「手術って……」

突然出てきた予想外の単語に、思わず馬鹿のように口を開けてしまう。

「えーと……低侵襲《ていしんしゅう》心臓手術だっけ。医学用語は難しいね」

「心臓……？」

確か、心臓って左側にあるんじゃなかったっけ？

いやでも、太ももから管を通す脳手術をテレビで見たことがあるから、右側からでも手術はできるのか。

「昔の心臓手術は、胸の真ん中をぐぱぁって切り開くのが普通だったけど、今はこんな小さい傷痕で済むんだよ」

「へ、へぇ……」

なんか、胸を見てることなんてどうでもよくなる話だった。

「傷痕も目立ちにくいし、出血が少なくて感染症のリスクも減るし、術後の回復も早いんだって」

「……良《い》いこと尽《ず》くめだな」

もしかすると、お医者さんは大変なのかもしれないが。

「ちょっとね、小さい頃に心臓に異常が見つかって。ただ、白河《しらかわ》さん家《ち》はお金持ちだから金にものを言わせて最高の名医に最先端の手術をさせたんだよ」

「……今はどうなんだ？」

「あれ？　わたし、元気に見えない？」

「見える……」

元気いっぱいで、デートで歩き回っても平気そう——デートじゃないが。

心臓に異常があるとは、とても思えない。

「治ったのはいいんだけど、この傷痕《きずあと》があるとグラビアアイドルにはなれないかな。グラドルの天無縫《あまなしぬい》ちゃんとか好きなのに」

「今は修正技術が発達してるから、加工で腰とか細くできるんじゃないか？」

「腰の話はしてねー！」

こんな馬鹿なネタでも振らなきゃ、どんな顔をしていいかわからない。

「ちょっと……触ってみる？」

「え？」

「さっき、灰瀬《はいせ》の傷を触らせてもらったから。そっちもわたしの傷、撫《な》でてみる？」

「そ、そんなわけには――」

「わたしはいいけど。胸じゃなくて、ただの傷痕だよ？」

「で、でも……」

ためらいつつ、僕はつい手が動いてしまう。

その傷痕に吸い寄せられるように――

「………」

「ん？　な、なんだ？」

白河が僕の顔を凝視してる。

唇を固く結び、大きな目を細めて――まるで睨《にら》んでるみたいだ。

「んー？　どうかしたの、灰瀬？」

「………っ」

白河は、きょとんとした顔になっている。

「なんでもない、触るわけないだろ」

だけど、さっきの白河の――睨みつけるような目はなんだったんだろう？

白河にあんな目を向けられたのは初めてだ。

「いいから、白河も早く着替えてくれ。ガチで風邪《かぜ》引く」

「わぁ、そうだった」

白河《しらかわ》は服屋さんの袋からさっき買った服を引っ張り出し始めたので、今度こそ彼女に背中を向ける。

いいものを見たような、見てはいけないものまで見たような……。

着替えも無事に終わり、外を見てみたら雨もやんでいたのですぐにネカフェを出た。

「おお、晴れてる。あんだけ濡《ぬ》れたのが馬鹿みたい！」

「雷もどこへ行ったのやら。もう全然大丈夫そうだな」

せっかくのお出かけなのに、ネカフェに籠もっていてはもったいない。

お嬢様が、そう仰せになったので僕が断れるわけもない。

「よっしゃ、今度こそカラオケ八時間コースいってみよう！」

「八時間⁉」

そんなに歌ったら、喉潰れないか⁉

僕のヒトカラなんて、長くても六時間くらいだぞ……。

「あっ……」

「ん？　どうかしたのか？」

白河が、突然変な声を上げた。

彼女は、左手のアップルウォッチに目を向けている。

「ちぇっ、野暮《やぼ》だなあ。これだから嫌なんだよ」

白河は、つまらなそうにそう言うと。

「ごめん、灰瀬《はいせ》。デートはここまでになっちゃった」

「だから、デートじゃ——なにか急用なのか？」

「急用っていうか……あ、来た」

「あれもしかして、白河家の車なのか？」

正面から車道を走ってきた車が、僕らのそばで停車した。

トヨタのアルファードとかいう高級ミニバンだ。

運転席にいるのは、いつもどおりスーツ姿が凛々《りり》しい御空《みそら》さん。

今日は濃いサングラスをかけていて、いつも以上に表情が読みづらい。

運転席ばかり見ていると、いきなり後部座席のドアが開いた。

「お姉さん」

「えっ、真白《ましろ》？」

車から降りてきたのは、一人の女の子だった。

黒髪のショートボブ、一五〇センチに満たないであろう小柄な身体《からだ》。

繊細で整った顔つきで、妖精のような儚《はかな》げな雰囲気だ。

真道《しんどう》学院のブレザー姿で、胸元にはグリーンのリボンを着けている。

彼女は、僕にぺこりと丁寧に頭を下げてきた。

「はじめまして……白河真白《しらかわましろ》と申します」

「白河？　ということは……妹さんか」

姉のほうの白河とは身長差は二〇センチほどもあるが、よく見れば二人はどことなく顔が似ている。

「真白、でけっこうです……お、お兄さん」

「お兄さん？」

僕が聞き返すと、小さな女の子はかぁっと真っ赤《まか》になった。

「い、いずれ、私の義理の兄になる……んですよね？」

「はたして、そいつはどうかな」

この小さな子には、結婚がどうこうは照れる話かもしれないが。

僕としては、まだ現実味のある話として受け止められていない。

「えっ？　で、でも……お姉さんは許嫁《いいなずけ》なんですよね？」

「灰瀬《はいせ》は照れ屋なんだよ、真白」

「そ、そうなんですか」

「白河、純真そうな妹さんを騙《だま》すなよ」

照れ隠しじゃなくて、ただ現実を拒否してるだけなんだよ。

「え、白河？　お姉さんを苗字《みょうじ》で呼んでるんですか……？　許嫁なのに？」

「あ、そうか。白河《しらかわ》だと真白《ましろ》とややこしいから、名前で呼ぶしかなくなったね。いよいよ灰瀬《はいせ》も年貢の納め時か」

「じゃあ、真白ちゃんでいいか」

「おいコラ、〝許嫁《いいなずけ》の妹が俺を好きすぎる〟ルートに入ろうとするな」

「どこのラブコメだよ、それ」

白河は一般文芸ばかり読んでそうだったのに、ラノベも履修済みなのか？

「小学生になにをすると思われてんだ、僕は」

「あの、私……中一です」

「年下になにをすると思われてんだ、僕は」

「ほら見て、謝りもせずにさらっとなかったことにするんだよ、この男」

しまった、白河のツッコミどおりだ。

真道《しんどう》中等部の制服を着てるのに、なにを間違ってるんだ？

「い、いえ、今時の男の子は周りを気にしすぎててダサいので、これくらい強引なほうが真白は好きです……」

「おいおい、〝許嫁の妹がえっちに誘惑してくる〟ルートに入ってんじゃん」

「改題するな」

別に誘惑してないだろう、妹さんは。

あと、実際には一つ下だとしても、この子はだいぶ幼めに見えるからな……。

似てない姉妹なんて珍しくもないが、一歳違いでここまで身長差があるのは驚きだ。

「あの、お姉さん。そろそろ……」

「ああ、そうだった。悪いね、わざわざ日曜に迎えに来てもらって」

「いいえ、お父様もお母様も今日は来られないらしいので、私が来るのは当然です」

「はー、できた子だなあ。ほら、灰瀬、見て見て。わたしと結婚したら、自動的にこんな可愛《かわい》いのが義妹になるんだよ？　男子って義妹好きなんでしょ？」

「そこは人それぞれじゃないかな……」

僕は別に、妹とか義妹に特殊な執着は持ってない。

「冗談だよ。またこの埋め合わせはするから。楽しみにしといてね」

「……ヒトカラでもしてくるから、気にしなくていい」

「残念なくせにぃ。じゃね、ほら真白も」

白河は手を振り、妹さんの手首を掴《つか》んでそちらの手も振らせる。

その妹さんをアルファードの車内に押し込み、白河も乗り込んで――御空《みそら》さんが運転するミニバンは走り去っていった。

「そういえば、なにがあったんだろうな」

アップルウォッチになにか緊急連絡があったみたいだが。

「……あれ？　この前、白河家《しらかわけ》にいなかったな、真白《ましろ》ちゃん」
たまたま留守だった、という可能性が一番高いが。
どうも、白河は家のことも含めて、わからないことがいくつもあるな……。
時折見せる豹変《ひょうへん》したかのような表情や、含みのある発言の数々。
それに、今日見せられた傷痕《きずあと》も──
でも、僕の立場上──わからないままにはしておけないか。
わからないことを確かめても死ぬわけじゃない、ということで。
ここは一つ、フ、ト、コ、ロ、に、飛、び、込、む、必、要、が、あ、る、な。

7　僕の入部には動機がある

「灰瀬《はいせ》くん、ちょっといいですか？」

「ああ、委員長」

デート――じゃなくて、お出かけの翌日。

放課後になり、カバンを手に席を立とうとしたところで、声をかけられた。

委員長の姉のほうが、優しい微笑《ほほえ》みを浮かべて近づいてくる。

「部活の件で。先生に頼まれたんです。ウチの学校は部活が強制なんですよ」

「あー……遂《つい》にその話が来たか」

「知ってはいたみたいですね。どこか入りたい部がありますか？　一応、転入から一ヶ月《かげつ》以内に入ってもらう決まりなんですが」

「ちなみに、委員長はなんの部活やってるんだ？」

「新聞部です。主に、学校の闇を暴いてますね」

「……ジャーナリズムはまだ死んでないんだな」

この委員長、優しいだけじゃなくてタダモノでもないのかも。

「灰瀬くんも、新聞部どうですか？　転校生の目線で名門校の暗部を晒《さら》し上げてもらうのもいいかもです」

「委員長、学校に恨みでもあるのか？」

人のよさそうな顔をして、さらっとエグいことを言ってる。

「フェイクニュースに偏向報道、黒塗り文書と世の中に不満があるだけですよ。もちろん、無理強《むりじ》いはしません。真道《しんどう》の部活の傾向は、えーと――」

「さりげなく、余計に聞き捨てならないことを言ってるな……」

委員長が優しいからって、傲慢《ごうまん》な振る舞いなんてしたら晒《さら》し上げされるかも。

「運動部は強い部もあれば、完全にエンジョイ勢の部もありますよ。文化部もガチ勢がありますけど。吹奏楽部とか茶道部は本格派ですね」

「楽器もできないし、ペットボトルの緑茶しか飲まないからな」

「そんなできない尽《づ》くしでは世の中を渡っていけませんよ？」

「僕、まだ中二なんだが？」

将来の可能性に期待したっていいだろ。

「できないあなたにも、新聞部なら人の不幸が蜜の味に感じられるようになるまで教えますよ」

「もしかして、転校生へのボーナスタイムは終わったとか？」

委員長、さっきから言ってることがエゲつない。

　優しくて笑顔がまぶしい委員長はどこへ？

「冗談です。私、兄もいるんですが、すぐ調子に乗る人で釘《くぎ》を刺さないといけないので、たまに口が悪くなってしまって」

「お兄さん、泣いてるんじゃないか？」

　こんな可愛《かわい》い妹に毒舌を吐かれたら気の毒だ。

「兄はどうでもよくて。ウチの新聞は明るく楽しいニュースがメインですよ。スイーツ食べ歩きの記事なんか、ウケがよかったですね」

「それは楽しそうだ」

　その記事、どこかのお嬢様も喜んで読んだに違いない。

「でも、実を言うと入ろうかと思ってる部はあるんだよ」

「どこですか？」

「放送部」

「えぇっ!?」

　いきなり叫んだのは委員長――じゃなくて、僕の隣に座っている女子だ。

　さっきから、ちらちらとこっちを見ながら僕らの会話を盗み聞きしてた。

「な、なぁ～んだぁ、灰瀬《はいせ》ぇ。結局、白亜《はくあ》ちゃんと同じ部に入りたかったのかー。それならそうと早く言えばいいのに、マジツンデレ」

「し、白河《しらかわ》さん、嬉《うれ》しそうですね」

「よ、喜んでるのは灰瀬《はいせ》だよ。わたしと同じ部に入れるんだから。放送部がエンジョイ勢でよかったね」

「ガチ勢の放送部が存在するのかな」

放送部って、全国大会とかあるんだろうか？

「えーと、放送部、放送部……」

委員長は、iPad miniを取り出して、なにやら調べている。

「放送部……部員一名。備考……部活動内容の性質上、部員数にかかわらず廃部にならず継続的に部員を募集する……だそうですね？」

「部員一名……？」

「ささっ」

僕からあからさまに目を逸《そ》らす白河。

前は、他にも部員がいるみたいな口ぶりだったような？

まさか、僕に入部させるための嘘《うそ》だったのか？

部に白河と二人きりになる場合、僕が入らないと思われたのか？

「じゃあ、庶民の僕が新聞部でお金持ち学校の闇を暴いてみせるよ」

「もう心変わりしてる!?　い、いやいや、灰瀬は放送部入るんでしょ！　そうと決まったら、さっそく放送室行くよ！」

「あ、待って待って、入部届です！」

委員長が差し出してきた用紙を、なぜか白河が引ったくって、僕に押しつけてきた。

仕方なく、僕はそこに部活名と名前を書く。

「よし、これでもう逃げられないよ、灰瀬！」

「逃げ出すような部活なのか、放送部」

「じゃ、委員長、ありがと！　大好き！」

「えっ、だ、大好き……」

白河の唐突な告白に、委員長は顔を真《ま》っ赤《か》にしている。

誤解のないようあらためて確認しておくが、委員長の姉、女子のほうだ。

そんな照れ照れの委員長をほったらかして、僕らは教室を出た。

もちろん行き先は放送室だ。


「さ、入って入って」

「そんな慌てなくても逃げないって」

放送室に入り、例の座《すわ》り心地《ごこち》のいいソファに並んで腰を下ろす。

まあ、僕は運動が好きなわけじゃないし、のんびり座れる部活は悪くないよな。

「どんな手口で灰瀬《はいせ》を入部させようか悩んでたけど、意外にチョロかったじゃん？」

「今ならまだ、入部届を出される前に委員長を止められるかな」

「逃げようとしてるじゃん！　せっかくの新入部員を五分で失いたくない！　もう誰も失いたくない！」

「誰を失ったんだよ。あれ、紅坂《べにさか》とか……真白《ましろ》ちゃんもこの学校の生徒じゃないの？」

「もちろん、真白も真道《しんどう》に通ってるよ。でも、真白は生徒会なんだよね。ウチの学校、一年も生徒会役員になれるから」

「へぇ……紅坂は？　放送部に誘わなかったのか？」

「緋那《ひな》は特待生だから、部活免除されてるんだよ」

「特待生？　学費タダってこと？　紅坂ってお嬢様じゃないのか？」

レストランを経営してるとか聞いたけど……。

「めっちゃお嬢様だよ、緋那は。紅坂家は、ファミレスとかカフェのチェーン店経営してるから。ファミレスの〝ベネティア〟とか知らない？」

「ベネティアって、紅坂の家が経営してるのか。そりゃ凄《すご》いな」

街中《まちなか》のどこでも見かけるような、有名なチェーン店だ。

「でも、親が〝学費は自分で工面《くめん》するべき〟って方針で、頑張って特待生枠取ったんだよね。真道の特待生ってイヤガラセのように難しいらしくてさ。世間体《せけんてい》のために特待生枠はつくるけど、金に物を言わせない限り、ウチには入学させないぞって感じで」

「長々とエゲつない説明をありがとう」

あの怖い紅坂もいろいろ苦労してるんだな……確かに、それじゃ部活どころじゃないか。

生徒会だって、部活みたいなもんだろうしな。

「ということは、ガチで二人だけの部か……といっても、別にやることないんだよな？」

「それは昨日までの話。期待の新人が入った今、放送部を再起動しなくては。わたし一人じゃ、バリバリお菓子を食べてお茶飲んで、ゴロゴロしながらスマホを見るくらいしかできなかったけど、今はもう違う！」

「一人でも他にできそうなことあるけどなあ」

それこそ、音楽流したり映像を配信したりできたんじゃないだろうか。

「まずはなにをするにしても、トークがないと。一人トークってハードル高いじゃん？」

「白河《しらかわ》、そんだけ口数が多いんだから一人でも余裕じゃないのか？」

「一人でべらべらしゃべってたら、メンヘラみたいじゃん」

僕に言わせれば、白河は若干メンヘラっぽい。

この思わせぶりで、いかにも謎がありそうな態度は、地雷感もかなりあるよな。

「なんか失礼なこと考えてるだろうけど、わたしは楽しいトークをお送りしたいの！」

「相方が僕で、楽しさを提供できるとは思えんが……」

「なるほど、いくら灰瀬《はいせ》の声がよくても、しゃべりの内容が空虚でダークだとダメだね、君の言うとおり」

「僕、そこまで言ってないぞ」

「だから、こういうときは企画力でトークに楽しさを上乗せするんだよ」

「は？　どういうことだ？」

「書を捨てよ、町に出よう！」

「書名は有名だけど、その本の二章は『きみもヤクザになれる』だぞ」

「スタジオに籠もっていてもいい企画はできないよ！　街ロケが基本だよ！」

「ロケねぇ……僕、そもそも放送部のイロハが一ミリもわかってないんだが」

町に出る前にやることがあると思う。

「よし、ちょっとテストしてみようか」

「え？　お、おいおいおい」

白河《しらかわ》は卓上マイクが置かれたテーブルの前に座り、コンソールを操作している。

『ぴんぽんぱん。放送部です。毎度お馴染《なじ》み、二年の白河白亜《はくあ》です』

「僕、この前のスイーツ処分以外、放送部の放送聞いたことないぞ」

どこがお馴染みなんだ。

『あ、今の聞こえましたね。わたしの許嫁《いいなずけ》の灰瀬譲《ゆずる》くんがツッコミ役として入部してくれました。みなさん、気軽にゆずゆずって呼んでね』

「勝手に人の愛称を決めるなー！」

『ツッコミ速っ。ねっ、素人《しろうと》にしてはなかなかやるでしょ？　声も聞き取りやすいし、これからはわたしの相方を務めてもらいます』

　こいつ、どんどん話を進めてくれてる……。

『そうそう、ゆずゆずは転校生です。真道《しんどう》中等部の感想、いかがですか？』

『部活に入ったんですが、部長が横暴で困ってます』

『学校は閉鎖的な環境で、部活となるとさらに閉鎖的で排他的だからねえ。トラブルが起きても発覚が遅れるのはゆゆしき問題ですね』

『一般論化しないでほしいな……』

　僕は、僕と君の話をしてるんだぞ？

『あ、やっぱ映像も流そう。ちょっとお待ちくださいね。えーと、このカメラを……ケーブルをどこに……んんー……』

　なんて酷《ひど》い放送だ。

　音声放送中にいきなり映像アリに切り替えようとするなよ。

　白河は、どこからか持ってきたミラーレス一眼カメラをＰＣにケーブルで繋《つな》いで三脚に固定し、再びコンソールを操作している。

『お、できたできた。覚えてるもんだ。やっほー、あらためまして白河白亜《しらかわはくあ》です。こっちのひねくれた目をした少年が灰瀬譲《はいせゆずる》です。身長一五九センチでわたしより十五センチ下。編入試験はミスがたったの三つという可愛《かわい》げのない成績を取ってました』

『嫌な情報を付け足すな！　なんで僕も知らない編入試験の結果を知ってるんだよ！』

僕の個人情報を握りすぎだ！

『乙女《おとめ》だよ、わたしは。気になる相手の秘密は知りたくなるじゃん？』

『こんなに可愛げのない乙女がいただろうか？』

『そんなことを言いつつ、灰瀬は放課後にわたしと二人きりになるために放送部に入ってきました。みんな〜、どう思う〜？　いやらしいよね〜？』

『みんなに呼びかけるなー！』

このわずかなやり取りで、僕が最高に悪目立ちしてしまってる。

今、どのくらいの生徒が放送を観《み》てるんだろうか……。

『あ、灰瀬。もっとこっち来て。マイク遠いと声が聞こえにくいから』

『お、おい……』

白河が僕の肩を掴《つか》んで、ぐっと引き寄せてくる。

卓上マイクの前に二人で顔を寄せ合い、白河の吐息も聞こえそうなほど近くに――

こんな映像を観られたら、クラスの連中の殺意が僕に向く。

本当に殺されることはない――死ぬことはないだろうが、それならいっそのこと。

『みなさんご存じのとおり、白河白亜は僕の許嫁《いいなずけ》です』

僕は意を決して、白河の肩を掴んでさらに引き寄せた。

彼女の細い肩やふくよかな胸のふくらみが、僕の身体《からだ》に当たってくる。

『見てのとおり、こういう関係です。放課後に二人きりになるくらいは当たり前です』

『あ、あれ？　灰瀬？』

『僕の許嫁である限り、男子のみんなは白河に近づかないように。これから僕ら二人で放送部の活動をやっていくんで、部活の邪魔はもってのほか。そういうわけで、よろしく』

僕は、既に見つけていた放送終了のボタンをパチンと押し込んだ。

うん、ちゃんと放送切れたな。映像もオフになっている。

「これ以上、状況をややこしくしたくない。これで二人きりで放送してても、変に思われないだろ」

「……そんなことのために、〝白亜は俺のオンナだ〟宣言したの？」

「話がふくらんでるぞ」

考えるまでもなく、僕は早まったかもしれない。

でも、白河に主導権を握られたままでは困るから、彼女のフトコロに飛び込んだ。

白河《しらかわ》のことを知らないまま、振り回されるままでいるつもりはない。

「でも、話は戻るけど、ロケに出てトラブルが起きるのに期待するのも難しくないか？　そんな都合良くは……」

ＹｏｕＴｕｂｅｒだって、きっちり企画を立てて——ボツ覚悟で何本も撮りまくったり、時にはヤラセまでやって面白い映像つくってるんだろうから。

「わたしは、やれるだけのことはやっておきたいの！」

「はぁ……」

そんな切羽詰まった感覚でやることでもないだろうが……。

僕も放送部に入ったからには、協力するべきか。

「わかったよ、白河。ロケって、どうするんだ？」

「わたしを撮って」

「え？　ああ、それでいいなら僕には楽だけど……」

たぶん、学校のみなさまも僕が映り込むより、見た目は可愛《かわい》い白河が出ている動画のほうが嬉《うれ》しいだろう。

「でも、それこそ企画とかコンセプトが必要じゃないか？」

「灰瀬《はいせ》はわたしのことを知りたくて、放送部に入ったんでしょ？」

「…………」

マジで白河は、カンがいい。

「わたしに近づいて、わたしのことを知りたくてたまらない――その欲望の赴《おもむ》くままに撮ってくれたらいいよ」

「……難しいこと考えなくていいのは助かるな。僕は撮影なんて素人《しろうと》だから」

「そうそう、そうやって気軽に応じてくれるのがいいね。だから、灰瀬も好き」

「………………」

委員長のことは大好きらしいから、それ以下ってことか。

「ちょっと、あんたら！」

いきなり放送室のドアが開き、怒鳴り声が響いた。

室内に飛び込んできたのはツーサイドアップの黒髪美少女――紅坂緋那《べにさかひな》だった。

「放送するたびにいちいちお騒がせしないと気が済まないの!?」

「わ、緋那だ。うん、騒がせないと気が済まない」

「ああ、紅坂。君も割と騒がしいほうだよな」

「……なんで二人揃《そろ》って落ち着いてんのよ。怒られてんのよ、あんたら？」

紅坂は、ぎろりと僕と白河を睨《にら》んでる。

「また、校内が騒ぎになってんのよ。白河白亜《はくあ》と許嫁《いいなずけ》がなにをやらかすのかって」

「名門校の子女は、みんな退屈してるのか？」

放送部の部活——しかもウチみたいな死《し》に体《たい》の部になにを期待してるんだろ？

「だいぶハードル、上がっちゃってるわよ。ハク、灰瀬《はいせ》くん、どうすんの？」

「緋那《ひな》、灰瀬を甘く見ないで！」

「僕に全部ぶん投げてる⁉」

「冗談だよ、これでもわたしは放送部ガチ勢だから。わたしがきちんと企画するから」

「…………」

僕は思わず、紅坂《べにさか》と顔を見合わせてしまう。

紅坂は嫌な予感を隠せない顔をしてる。たぶん、僕も似たような表情をしてるだろう。

これは、僕にぶん投げられるほうがまだマシかも。

白河《しらかわ》の顔には、ヤバそうな不敵な笑みが浮かんでる。

これ、企画じゃなくて悪巧《わるだく》み待ったなしだ。

8　私は君と春を感じたい

僕が放送部に入ってから、最初の日曜日。

またもや、僕は横浜駅《よこはま》に――その近くの大通りでぼんやりと立っていた。

まだ朝七時という早い時間帯で、あたりに人は少ない。

「あ、お待たせ、お待たせー」

「え？」

聞こえてきた声に振り向くと、そこには白河がいた。

ちょっとばかり予想と違う格好で――

「あ、灰瀬もちゃんと動きやすい服装で来てるね」

「……そう言われたからな。白河も、ずいぶん軽快な格好だな」

僕は、グレーのパーカーに伸縮素材のパンツにスニーカー。

一方、白河はロングヘアをポニーテールにして、上は派手なピンクのジャージ。下はやたらと短い白のミニスカートに、黒のタイツ――いや、膝までのスパッツだ。

「灰瀬の分もちゃんと用意してあるよ。じゃじゃじゃん！」

「用意って……え、自転車？」

いつの間にか御空《みそら》さんも現れていて、彼女のそばには白と黒のカラーの自転車が二台並べて置いてあった。

御空さんは無言で僕に頭を下げると、どこかへ歩いて行った。淡泊な人だ。

「ロケって、サイクリングなのか？」

「そういうこと。普通に移動するんじゃつまんないじゃん？」

「移動は普通でも別に……いや、文句ばっか言うのはよくないな」

「そうそう、灰瀬《はいせ》って割と物わかりいいじゃん」

ニコニコと、お嬢様はご満悦だ。

「でも、自転車乗るならそのスカートは短すぎないか？　少しでもめくれたら……」

「違う、違う。ほら、スパッツってぴっちりしててお尻の形がくっきりじゃん？」

「……見せなくていい」

白河《しらかわ》は僕に背中を向けて、スカートをぴらりとめくってきた。

中はスパッツなので驚くことはないんだが……。

「お尻を見せたくないからはくんだよ、このスカート。長いと邪魔になるしね」

「そ、そうか……」

そのぴっちりしたスパッツを見せられて、僕にどうしろというのか。

白河は長身で胸が大きい割に、お尻は割と小ぶり……って、なんの感想だ。

この前、白河のお尻と触れ合ってしまったせいで、余計に変な想像をしてしまいそうだ。

「そ、それならいいが……自転車ってことはどこか行くんだよな。目的地は？」

「いざ鎌倉《かまくら》」

「鎌倉っ⁉」

繰り返すと、ここは横浜駅《よこはまえき》だ。

横浜市民の意識として、横浜駅から鎌倉は自転車で行くような距離感じゃない。

「鎌倉、知らない？　昔、頼《より》ちゃんが幕府を開いたトコなんだけど」

「源 頼朝《みなもとのよりとも》、友達なのかよ！」

白河とか、頼朝と対立しそうな苗字《みようじ》なのに。

「鎌倉って、いったいなんの企画なんだよ？」

「『【悲報】許嫁《いいなずけ》にデブと罵《ののし》られたので、鎌倉まで走って痩せます…』」

「悪意しかないな！」

完全に僕がワルモノになる流れだ！

デブと言ったわけでもないのに！　根に持ちすぎだろ！

「今のはボツ。企画名だけでも練り直してくれ」

「んー、それじゃあ、『小町通《こまちどお》りで鎌倉小町を探せ！　白河白亜《はくあ》ちゃんを越える美少女は存在するのか⁉』」

「そんなのいるわけないだろ！」

「へ」

「あ……」

白河《しらかわ》はぽかんとなり、僕は自分のミスを悟る。

「は、灰瀬《はいせ》くんさぁ、たまに正直になりすぎるの、やめてもらえません……？」

「正直になって文句言われるのもアレだな……」

白河もたまに本気で照れるのはやめてほしい。

ちなみに小町通《こまちどお》りというのは、鎌倉《かまくら》のメインストリートで大変賑《にぎ》わっている。

可愛《かわい》い女子もたくさんいるだろうが、白河以上となると——って、考えるのはやめよう。

「い、今のもダメだ。鎌倉なんて遠くまで行く理由になってないし」

「鎌倉って遠いイメージあるかもだけど、実は横浜《よこはま》駅から二〇キロくらいだよ」

「二〇キロ……」

割と遠いと思うんだが？

あと、往復することを忘れてないだろうな？

「うーん、それなら『爆走一〇〇キロ！　許嫁《いいなずけ》同士で鎌倉までサイクリングしてみた！』でいいだろ」

「ちょっと企画弱いなあ。それに、二〇キロだよ？」

「そんなの、数字盛《も》っとけばいいんだよ」

「わっる！　わたし、思いつきもしなかったよ……！」

ＹｏｕＴｕｂｅでも、動画タイトルと内容が別なんてよくあることだ。

「僕の感覚では一〇〇も二〇も変わらない。遠いって意味では」

「あ、ママチャリじゃなくて、この自転車なら楽勝だよ」

「わざわざ僕の分まで……」

僕も自転車は持ってるが、安物のママチャリだ。

お買い物用で、サイクリングにはまったく向かないだろう。

「本格的なロードレーサーは逆に乗りづらいだろうから、クロスバイクってヤツにしてみたよ。ほら、ちょっと乗ってみて」

「ああ、確かにこれならなんとか」

僕は、黒いほうの自転車にまたがってみる。

街中《まちなか》でもたまに見かける、湾曲したハンドルが下についてる自転車《ロードレーサー》は初心者には難しそうだ。

クロスバイクはハンドルが一直線で握りやすく、座った感じもママチャリと大差ない。

サイズも僕の身長に合わせているらしく、ハンドルやペダルの位置もしっくり来る。

「ヘルメットも用意してるよ。ちなみに、灰瀬のメットにはカメラもついてるから」

「本当に今日映像撮って、学校で流すつもりなのか……」

いや、最初からそういう話ではあったが。

とはいえ、僕と白河《しらかわ》のツーリング映像なんて他の生徒は一ミリも興味ないのでは？

「わたしのチャリには、ハンドルにカメラをつけてるよ」

「自分の顔をしっかり撮るつもりだな」

「やっぱり、映《ば》えは重要だし」

白河の白いクロスバイクのほうには、確かにハンドルに小型カメラが装着されている。

下から煽《あお》るアングルで、白河白亜《はくあ》のお美しい顔がきっちり映るだろう。

「こっちは、インカム。走りながらでも会話はしないとね。耳を塞がないタイプで周りの音も聞こえるから、安全だよ」

「条例は守らないとな」

自転車でのイヤホンなどの使用は地方自治体によってルールが異なるので、確認が必要だぞ。

「ハンドルのホルダーにスマホを固定できるから。そのインカム、スマホ経由でカメラと連携して映像と音声を同時に収録できるんだよね」

「僕らの会話も配信するつもりなのか……」

あまり人様にお聞かせできる会話、普段からしてないような？

「けど、鎌倉《かまくら》まで走るだけっていうのも確かに弱いか。もう少し盛《も》るか？」

「鎌倉名物〝鳩《はと》サブレー〟を買ってくるって目的があるよ！」

「企画と私用をごっちゃにするな。だいたい、ここから徒歩五分のデパートで死ぬほど売ってるが？」

「本場の味を楽しむのがイキってもんだよ」

「……そうですか」

知らない人に説明しておくと、鳩サブレーは鳩の形をしたクッキーみたいなお菓子だ。サクサクしてとても美味《おい》しく、僕もたまに買って食べている。

そんな地方の銘菓も、ネット通販や催事場なんかで普通に買える。

本店は鎌倉にあって、現地で買いたい人がいても別にいいんだが……白河の場合、思いつきで行動してるからな。

僕は腕組みして少し考えて――

「『爆走一〇〇キロ！　自転車で鎌倉まで鳩サブレー買いに行ってみた！』か。これなら企画と目的が噛《か》み合《あ》うか？　まだ弱い気もするけど……」

「灰瀬《はいせ》、ダメならボツにすりゃいいんだよ。まずはやってみようの精神でね」

「往復四〇キロを試しにって……いや、それも文句だな」

僕は自転車にまたがり、ヘルメットをかぶる。

カメラとインカムがスマホに繋《つな》がっているか、きっちり確認する。

四〇キロも走るからこそ、録画に失敗してましたじゃ済まない。

「でも、白河《しらかわ》のほうこそ大丈夫……なのか？　片道二〇キロなんて」

「あっ、もしかしてこの前の心臓のこと気にしてる？」

「気にするなってほうが無理だろ」

素直と言えない僕でも、それなりに気遣いくらいはするのだ。

「傷痕《きずあと》、見たでしょ？　それはもう不必要なくらい長々と、じっくりと」

「……それで？」

「手術したの、ずっと昔だよ。傷痕を見ればわかるでしょ？」

「まあ……」

右胸下の傷痕がかなり古いものだったのは、疑いない。

「今は全然大丈夫。一応、今でも定期的に病院には通ってたんだよね」

「あ、そうなのか」

そりゃあ、心臓にメスを入れたんだから、経過観察は必要だろう。

「お医者さんも、サイクリングは負荷も軽くていい運動になるってすすめてた」

「なるほど……」

医者が言うなら、僕がこれ以上追及することでもない。

「五月だからね。軽い運動にはいい時季だよ。もうちょい経《た》つと暑くなるし、この時季を逃したらアウトドア系の動画は撮りにくいよ」

「暑くなってからがアウトドアの本番じゃないか？」

「さ、行こっか」

どうやらお嬢様は暑いのはお嫌いらしい。

「目標は二時間以内の到着ね。あ、競走する？　負けたほうが鳩《はと》サブレーおごりで」

「お土産《みやげ》は普通に買ってくれ」

僕らは自転車にまたがり、走り出した――

「って、白河。道わかってるのか？」

「鎌倉《かまくら》は南西の方向だよ！」

「ＲＰＧじゃないんだぞ、方向だけでたどり着けるか！」

鎌倉よりもっと南西、茅ケ崎《ちがさき》とか大磯《おおいそ》とかに行っちゃったらどうするんだよ！

道路に詳しいわけじゃないが、僕がナビをしたほうがよさそうだ。

ナビをしながら、ヘルメットのカメラで撮影もしなきゃいけないとは忙しい。

でも、僕は白河を撮らなければならない。

彼女のことをもっともっと知るために。

白河白亜《はくあ》という存在を、解き明かすために。

クロスバイクでのサイクリングは、意外なほど快適だった。

白河《しらかわ》の言うとおり、気候はちょうどよく、風が心地《ここち》よい。

「気持ちいいねー、灰瀬《はいせ》」

「初めて白河に付き合って正解だと思ってるよ」

「初めてぇ!?」

インカムから、白河の声がよく聞こえてくる。

風や呼吸の音がカットされていて、人の声だけが伝わるようになってるらしい。

最初は僕が先導していたが、大通りをまっすぐ進むだけなので、白河が先を走ってる。

撮影の都合上も、白河が先頭のほうがありがたい。

「それより白河、まだまだまっすぐだからな」

「りょ！」

白河は元気よく答えると立ち漕《こ》ぎを始めた。

スカートがめくれ、ぴっちりしたスパッツに包まれたお尻が持ち上がり――

突然、白河は左に曲がって狭い道に入っていった。

「おおいっ!?」

今の「りょ！」はなんだったんだ!?　了解の意味じゃないのか!?

僕は慌ててスピードを上げ、白河を追う。

幸い、曲がってすぐに白河のお尻――じゃない、姿が見えた。

まだ立ち漕ぎしていて、短すぎるスカートがひらひら揺れている。

「なにしてるんだよ！　まっすぐって言っただろ！」

「ああ、うん、決まった道ばっか走ってたら撮《と》れ高《だか》ないかなって」

「そんな一丁前の配信者みたいなこと言わなくていい」

僕は白河のお尻の――じゃない、すぐ後ろにつきながらため息をつく。

「知らない道に入ったら、知る人ぞ知る老舗《しにせ》の和菓子屋さんとかあるかもじゃん？」

「今時、ネットでも知られてない名店なんてありえないだろ」

「灰瀬、ホントに大事なことは検索バーでは見つけられないんだよ」

お気楽なサイクリングをしながら、なんの話をしてるんだろうな、僕らは。

「でも、ちょうどいいか。ちょっと休憩しよう、灰瀬」

「それもそうだな」

僕らは自転車を、すぐそばにあったコンビニへと滑り込ませる。

自転車から降りて、スマホのナビを見ると、走行距離はまだ一〇キロ程度。

でも、長距離走行に慣れてない僕は、ちょっとお疲れだ。それに――

「意外とお尻痛いね。サドル、座《すわ》り心地《ごこち》のいいヤツをセットしてもらったのに」

「……そうか」

どうも、さっきから白河《しらかわ》のお尻が日について仕方ない。

僕の困惑など気づいた様子もなく、白河はスカート越しにお尻をさすっている。

あまり人前でそういうことしないほうがいいのでは。

とりあえず、僕らはコンビニに入って飲み物を買ってきた。

僕はスポドリ、白河は紙パックのりんごジュースだ。

疲れた身体《からだ》にスポーツドリンクが染み渡るようだ——

「お、ベンツのゲレンデだ」

ふと、気づく。コンビニの駐車場に、ひときわ目立つ車があった。

ベンツのＳＵＶで、特に人気が高い車種だと聞いたことがある。

「灰瀬《はいせ》、車種とかよく知ってるよね。興味なきゃウチのレクサスもアルファードもわかんないよね。カーマニアってヤツ？」

「いや、そういうわけじゃないいな」

僕はスポドリを飲み干し、ペットボトルをゴミ箱に放り込んでから、ちょっと考え込んで——前髪をかき上げた。

「車にはねられて以来、車を注意して見るようになってさ。自然と、車種とかも詳しくなったっていうか」

「ふうん……」

白河は、ちゅーっとりんごジュースをストローで吸ってから。

「ていうか、ごめん。勝手に知られるのは面白くないよね、事故のこと」

「ん？　君、誰？」

「白亜《はくあ》ちゃんだよ！　わたしだって気遣いくらいできるよ！」

「冗談だよ。まあ、昔の話――小四のときだし。もうネタにできる程度の思い出だよ」

そりゃ、事故から一年くらいは車が怖くなかったと言ったら嘘《うそ》になるが。

「じゃあ……実際、なんではねられたの？」

「そこまでは調べてないのか」

まあ、警察にでも訊《き》かない限り、詳しくはわからないか。

「普通に横断歩道を渡ってたら、はねられたんだよ。車の運転手が急な発作で意識なくして、赤信号で突っ込んじゃったらしい」

「それは……不運な事故だね」

「運転してた人は亡くなってるからな。誰も責めずに済んだのはよかったよ」

母も当然僕を心配してくれたが、運転手への文句は一度も言わなかった。

本当に突然の発作だったと聞いたし、過失のない事故だったんだろう。

「まだ若い女の人だったとか。むしろ、そちらが気の毒なくらいだ。僕はこうして生きてるんだしね」

「灰瀬《はいせ》のケガは……どんくらいだったの?」

「何日か生死の境を彷徨《さまよ》ったくらい」

　僕は隠さずに答える。

　こうして元気に生きてるんだし、伏せるほどのことじゃない。

「打ち所が悪かったっていうか。肋骨《ろっこつ》と脚も折れたけど、頭がちょっと。はねられたあとの何日かは意識が戻らなかったらしい」

　伝聞なのは、僕には一切そのあたりの記憶がないからだ。

　目を覚ましたときの記憶もほとんどない。

　うっすら覚えていることもあるけど——夢だったのか現実だったのか、区別がつかない。

「でもいいお医者さんに診てもらえたとかで、意識は戻ったし、後遺症も残らなかったし。別に問題ないよ」

　今思えば、実の父親が病院を手配してくれたのかも。

　天条寺家《てんじょうじ》なら、それくらい造作もないだろうしな。

「あのとき、生死の境を彷徨ったせいかなあ……」

　僕の行動の動機が〝死ぬわけじゃない〟になったのは。

運良く命を拾ったのだから、もっと慎重な性格になってもよさそうなものだけど。

たまたま助かった命を、なにかに使ってみたくなったのかもしれない。

多少の危険があったって、死ぬわけじゃなければ挑戦してもいいと思えるようになった。

たとえば、理不尽に絡まれている見知らぬお姉さんを助けてみたりとか。

「灰瀬、彷徨ったから――なんなの？」

「いや、なんでもないよ」

「………………」

僕が笑ってみせると、白河《しらかわ》はこくりと頷《うなず》いた。

あまり真面目にツッコミを入れないでほしいので、助かる。

「車が苦手ってわけじゃない。たぶん、十八になったら免許は取るだろうし」

「つまり、〝助手席はもう白亜《はくあ》に予約されちゃったな〟ってわけか」

「母さんは女手一つで僕を育ててくれたんだし、まず乗せるのは母さんだな」

「シリアスに返された!?」

何年も先のことでも、相手が白河だと油断できない気がする。

迂闊《うかつ》な約束はできないだろう。

「そういうわけで、僕は車は平気だけど、白河は気をつけろよ。景色に気を取られて、たまにフラついてるぞ」

「え？　そう？　ああ、そうだ。ちょっと映像確認しとこ。いいよね？」

白河《しらかわ》は、僕のスマホを取り上げて勝手に顔認証でロックを外して操作を始める。

「うん、ちゃんと撮れてる。ストレージとバッテリーの残量も充分だけど、帰り道はカメラのバッテリーだけ交換して――うぇっ」

「え？」

「ああああ……」

白河の白い顔が、かぁーっと真《ま》っ赤《か》に染まっていく。

「な、なんだ？」

「……灰瀬《はいせ》ぇ。そのヘルメットのカメラ、灰瀬の視線がそのまま映るんだよね」

「ん？　まあ、そりゃそう……って、ああっ！」

さっきまでの道中、僕がいったいどこを見てしまっていたか――

カメラのストレージに撮影された映像が、スマホに映し出されていて。

そのカメラは明らかに白河のスカート越し、あるいは風でめくれたスカートの下の臀部《でんぶ》に向けられている。

視線は、そこに一点集中していると言っていい。

「そりゃあ、灰瀬くんもさぁ、お年頃の中学二年生ですしぃ、白亜《はくあ》ちゃんの可愛《かわい》いお尻を見たくなるのはわかるんですけどぉ……」

「なんで君付け、なんで敬語……」

「わたしを知っていいって言ったけどさあ。欲望の赴《おもむ》くままでいいとも言ったけどさあ。ちょっと、欲望全開すぎないかなあ……？」

ぐいっ、と白河が僕の背中を押してくる。

「……ここから先は、灰瀬が前ね」

「はい……」

僕に拒否権はなさそうだ。

もちろん、ここまでの灰瀬カメラの映像は八割くらいはカットだろう。

白河が撮《と》れ高《だか》を求めて寄り道しても、文句は言えないな。


結局、鎌倉《かまくら》には二時間とかからずに到着した。

本当に走りきれるのか少し不安だったが、意外にあっさりだったな。

とりあえず自転車は駐輪場に駐《と》めて。

二人ともすっかり空腹だったので有名なカフェに入って、朝飯とも昼飯ともつかない食事を取った。

「いやー、美味《おい》しかったね。鎌倉まで来た甲斐《かい》があったってもんだよ」

「確かに美味《うま》かったなあ」

三センチを超える分厚いホットケーキの二段重ね。

おそらく、女子なら複数でシェアして食べるであろう大ボリュームだった。

それを一人前ずつ食べ、さらに山盛《も》りのフルーツサンドに、デザートにプリンまで。

「僕、白河《しらかわ》に付き合ってたら太っちゃうんじゃないか……？」

「二〇キロも走ってきたんだし、カロリーはトントンでしょ」

「さっきカフェで検索したら、自転車のカロリー消費って一〇キロでせいぜい一〇〇から二〇〇キロカロリー。その倍走ったとしても、ホットケーキだけで五〇〇キロカロ——」

「あーあー聞こえない！　ホットケーキには女子の夢が詰まってるんだからいいの！」

「理屈にもなってないな」

白河は、さすがにもう少し節制させたほうがいいかも。

「さて、次はデザートだ。線路のすぐ前っていう凄《すご》いロケーションの甘味屋さんのクリームあんみつが最高なんだよね」

「デザート……とは？」

さっき食べたプリンがなんだったのか知りたい。

「それより白河、せっかく来たんだから、もうちょっとそこらを歩いてみよう」

「美味《おい》しいスイーツは配信映えするのに……じゃあ、予定を一つ繰り上げるか」

「なんだ、他にも行きたいところあったのか」

まあ、鎌倉《かまくら》は名所の宝庫みたいなところだからなあ。

「一応、撮りながら行くか」

「しょうがないな、わたしを撮らせてあげよう」

「それが目的で来てるんだよな？」

ヘルメットや自転車に取り付けたのとは別で、白河は小型カメラを持っていた。

どんだけ機材にお金かけてるんだよ。

もちろん僕が持たされて、食事の間もずっと撮っていた。

ただ、観光地だし、撮りたくなる風景はいくらでもある。

カロリー消費はたいしたことないだろうが、しばし歩いて――


「海だーっ！」


「…………」

たどり着いたのは由比ヶ浜《ゆいがはま》だった。

まだ五月で、さすがに海水浴には早すぎるので、人の姿はまばら。

ただ、こんな時季でもサーファーはいるし、散歩している人の姿もある。

「しまった、真っ白なワンピースとか着てくればよかった！　波打ち際で白ワンピの美少女とか映《ば》えるよね!?」

「映えを目的に生きるな」

ワンピースでクロスバイクに乗ってサイクリングは無理がある。

せめて、高原の避暑地で自転車とかなら、まだなんとか。

「ていうかさ、灰瀬《はいせ》」

「ん？」

「波……高くない？」

「明らかに高いな」

波打ち際の美少女ゴッコをするには、ちょっと荒々しすぎる。

「下手《へた》に近づいたら、膝まで余裕で濡《ぬ》れそうだ。最悪、波にさらわれるな」

「これは映えない……台風の生中継みたいになっちゃう……」

「今時の配信は、危険行為はできないよな」

体当たり企画がウリのＹｏｕＴｕｂｅｒでも、アカウントのＢＡＮを恐れて事故の危険がある動画は出せないらしいから。

「まだだ！」

「な、なんだよ？　まさかサーフィンしようなんて言わないよな？」

「この辺なら今の時季でも水着売ってるお店、あるんじゃない？　グラビアアイドルは冬でも水着でニッコリしてるんだから、わたしも負けてられない！」

「待て待て、企画が変わりすぎだ！　学校で生徒の水着姿なんか配信できないって！」

「わたし、実はFカップだよ？」

「じゃあ、撮るだけ撮るか」

「お尻だけじゃなくて、胸まで自分のものにしようとしてる！」

「冗談に決まってるだろ」

尻はカットで、胸がOKなわけがない。

「とにかく、水着はダメだ」

「ちゃんと、下乳も傷痕《きずあと》も隠せる水着にするよ？」

「下乳と傷痕を一緒にすんな」

どちらも別の意味でツッコミを入れにくい。

「あのな、白河《しらかわ》が風邪《かぜ》でも引いたら、ご両親と真白《ましろ》ちゃんと御空《みそら》さんに僕が怒られる」

「ああ、それはマジギレされるかもね。特に真白、怒ると怖いんだよ、あれで」

「……覚えとくよ」

おとなしい真白ちゃんに怒られるだけでショックは大きそうだ。

というか、あの子はシスコン――じゃない、姉思いなんだろうな。

「海辺の美少女も水着もあんみつもダメとなると……」

「少し、座って海でも眺めるか。白河《しらかわ》なら、それだけでも画《え》になるだろ」

「ふぇっ」

「白河さ、僕がなんか言うたびに変な声上げるのやめろよ」

「だ、だって、いつもわたしに塩対応なくせに、たまに褒めるんだもん」

「別に、僕は真実は否定しないよ。白河は可愛《かわい》いし、映えるだろ」

白河が大多数の人間から見て、美少女——もしくは美女に見えるのは疑いない。

照れて事実を否定したって、しょうがないだろ？

「じゃあ……素直な灰瀬《はいせ》くんにはご褒美をあげよう」

「ご褒美？」

「画になる〝海辺のハクア〟は、灰瀬だけに独り占めさせてあげる。今日、付き合ってくれたお礼も兼ねてね」

「……『海辺のカフカ』みたいだな。放送部の部活なんだから、礼はいらないだろ」

忘れそうになるが、これはデートでもなんでもない。

僕は白河白亜《はくあ》という人間に興味を持ち、現状を否定しても意味はないと結論を出し、彼女のことを知るために部活に付き合っている。

それだけのことだ——

「お礼はいらないかー。欲がないね、灰瀬は」

白河が砂浜に腰を下ろし、僕もその隣に座る。

お尻が汚れるが、仕方ない。もう白河のお尻は撮れないし、別にいいか。

「ねえ、灰瀬」

「ん？」

「わたしのこと、少しは知れた？」

「……さあ。お尻の形くらいかな」

「尻は忘れろ」

たまに厳命してくるお嬢様だった。

でも今のは僕の軽口がよくなかったな。反省。

「じゃあ、もっと教えてあげようか」

「教えるってなにをだよ？」

「たとえば……唇の柔らかさとか？」

「…………っ」

こいつは、なんてことを言い出すんだ？

今、現状を再確認したばかりだというのに。

「キスだけはダメって話はどこ行ったんだ……？」

「海でキスってロマンチックじゃん。人生で一度はやってみたくない？」

「逆に気恥ずかしくないか？」

「許嫁《いいなずけ》同士なんだから、恥ずかしいことなんてこの先いくらでもやるよ」

「…………っ！」

ぎゅうっ、と白河《しらかわ》が僕の手を握ってきている。

な、なんだなんだ、このいきなりの波状攻撃は？

「キスしようって言ってるんじゃないよ。唇の味を教えてほしいかって訊《き》いてるんだよ」

「意味は同じじゃないか……？」

言うまでもないが、女子と二人きりで海なんて、初めてのシチュエーションだ。

ムードという意味では充分かもしれないが……。

「わたしの唇の感触、知りたいかどうか……それだけ訊きたい」

「……し、知りたくは……」

ない、と言ったら嘘《うそ》になる。

性格はともかく、白河白亜《はくあ》は並外れた美少女だし、唇は魅力的すぎる。

「でも、キスしたら許嫁のお話はそれでおしまい。灰瀬《はいせ》、それならどうする？」

「………………」

まったく意味がわからない。

なんでキスしたら、許嫁《いいなずけ》の話が破談になるんだ？

「それでもいいなら……」

「し、白河《しらかわ》……」

すっ、と白河がごく自然に僕のほうに顔を寄せてきて——

僕はその肩を掴《つか》み、彼女を止めていた。

「……ごめん」

「なんで謝ってるの、灰瀬《はいせ》？」

「僕にもわからない——」

どうして白河を止めてしまったんだ。

キスさせてもらえて、しかもわけのわからない許嫁の話が消えてなくなるなら願ったり叶《かな》ったりじゃないか？

なのに、どうして——

「その未練たっぷりの顔は不合格だな、ハイセ」

「………？」

すぅっ——と、白河の大きな目が細められた。

この目は、前にも見た記憶がある。

白河の傷痕《きずあと》を目撃してしまったときと同じ目だ——

「……おまえ、誰だ？」

「頭の切り替えが速い。ハイセのそういうところが猛スピードのハクアと相性がいいんだろう」

明らかに口調が違う。それどころか、声色まで違うように聞こえる。

戸惑うばかりだけれど、僕にも一つだけ確実にわかっていることがある。

そして、それだけは確かめなければならない。

「いったい……誰なんだ？　おまえは白河——白亜《はくあ》じゃない」

「…………」

白河は、一瞬目を見開いて。

くくくっ、とまるで悪魔みたいに笑った。

「ヨルハ——ぼくは白河ヨルハだ」

9　私もたまには低スピードだから

放送室には、配信に使える機材がしっかりと揃《そろ》っている。

前は気づかなかったが、放送室に置かれているPCもかなりの上級機種だった。

メインマシンはＭａｃ　ｍｉｎｉで、最新機種と言っていい。

それが27インチの５Ｋディスプレイに繋《つな》がっていて、配信はもちろん編集作業もサクサクこなせる。

「大画面は正義だよなあ……」

放課後、僕は一人で放送部の機材を使用中。

マウスとキーボードを操作し、動画編集ソフトを動かしていく。

もちろん編集しているのは、鎌倉《かまくら》サイクリングの動画だ。

これを一〇分程度の動画に編集して、校内放送で配信する。

テロップや特殊効果を足したり、効果音やＢＧＭもつけなきゃいけない。

撮影したデータは六時間ほどもあったので、確認するだけでも大変な作業量だ。

企画タイトル通り、鳩《はと》サブレーの購入シーンは入れるとしても、大半はただ自転車で走ってるシーンなので、どの映像を採用するかが難しい。

白河《しらかわ》からは完全破棄を命じられた、お尻動画を流すのが一番ウケがいいのでは？

僕の謹慎処分と引き換えになるかもしれないが。

しかし、こうして動画で観《み》てると、いろいろな発見がある。

カメラに映っていたものは自分の目でも見たはずだが、意外に多くを見逃してる。

珍妙な店名の看板とか、テレビの撮影クルーらしき集団とか、怪しげなワゴン車とか。

企画に必要ない映像がほとんどで、編集でカットするわけだが。

「これも捨てなきゃいけないのか……まあ、適当なストレージに放り込んでおいても」

モニターに表示されているのは、白河のスパッツ越しのお尻の映像だ。

こうして映像で観たほうが逆に生々しいというか……僕はリアルで見たはずなのに。

長身の割にお尻は小ぶりで、スパッツ越しでも柔らかそうに見えるのが不思議——

「ふえぇぇぇぇっ」

「わっ」

突然、耳の真横で声がして、跳び上がりそうになる。

「ま、真白《ましろ》ちゃん……」

「あ……こ、こんにちは、お兄さん」

椅子に座ったまま後ろを振り向くと、そこには小柄な少女——白河真白ちゃんがいた。

顔を赤くして、モニターのほうに目を向けている。

「す、すみません。ノックしたのですが、お返事がなかったので……」

「ああ、こちらこそごめん。イヤホンしててさ」

僕は慌てて、両耳のイヤホンを外す。

お尻動画鑑賞を目撃されたことは、お互いのためになかったことにするとして。

「急に呼び出してごめん、真白《ましろ》ちゃん」

「いえ、後輩ですから……いつでも参ります」

微笑《ほほえ》む真白ちゃんに、ソファに座るように促す。

さすが良家の子女だけあって、座り方からして背筋も伸びていて礼儀正しい。

「あ、真白ちゃん、生徒会なんだよな？　そっちは今日は大丈夫だった？」

「ええ、私は庶務で重要な仕事はないですし……生徒会も毎日活動はしてないので」

「そうか、それでも大変だな」

僕が生徒会に入れなんて言われたら、一瞬も迷わずに拒否するだろう。

「その、お姉さんのことですか？　今日はお休みなのは知ってますよね……？」

「同じクラスだからな。まあ、昨日解散するときに『今日は疲れたから、明日はサボリ』って言ってたし」

昨日の鎌倉《かまくら》サイクリングは無事に終わり、横浜《よこはま》駅まで戻って解散した。

御空《みそら》さんの車が迎えにきてたから、白河《しらかわ》は無事に帰れただろう。

「え、では……姉がいないうちに妹の私になにを……？」

「なんか誤解されてるような……」

真白ちゃんは可愛《かわい》らしいと思うが、僕は〝許嫁《いいなずけ》の妹ルート〟はまだ選んでいない。

「これ、昨日のサイクリングの映像を軽く編集してみたんだけど」

「えっと、さっきのお尻の……」

「いや、そうじゃなくて。あれは遊びというか自分用というか」

「自分用……？」

「なんでもないよ。ほら、これ」

変な誤解をされそうなので、僕は慌てて粗く編集した映像をモニターに流す。

そこには――

「……なんか、ちょっとオシャレな感じですね」

「うん、そういう感じになっちゃったよ」

自転車で走る白河、美味《おい》しそうにホットケーキをパクつく白河、海を眺めている白河。

鳩《はと》サブレーの三十四枚入りと四十四枚入り、どちらを買うか真剣に悩んでいる白河。

「顔はほとんど映ってないのに、お姉さんだってわかりますね……」

「まあ、こんなデカい女子中学生、あまりいないからな」

「大きいって言うと怒りますよ、お姉さん……」

じぃっ、と非難がましい目を向けてくる真白《ましろ》ちゃん。

それはともかく、白河《しらかわ》の映像はお尻はもちろん、顔もほとんど映ってない。

あまり顔が映っていない映像を切り出して繋《つな》ぎ合《あ》わせたのだ。

「狙ったわけじゃないんだけど、なんかエモい映像になったなあ」

「本当ですね。お姉さんすっごく美人ですけど、顔が映ってなくても綺麗《きれい》……」

真白ちゃんは、呆然《ぼうぜん》としてモニターを見つめている。

見飽きるほど見てきたであろう姉の姿も、こうして映像で観《み》ると新鮮なのだろうか。

「これ、お兄さんもいるんですよね？　でも、会話とか全然──」

「ああ、音の加工のほうが大変だな。まだちょっと、余計な音を取り切れてないし」

はっきり言って、僕と白河の会話なんて学校で流せない。

そこで、会話もカットして自転車のタイヤの回転音やホットケーキを切っているナイフやフォークの音、荒々しい波音、それに──

白河の息づかいだけを残してみた。

すらりとした少女のみずみずしい映像に、環境音や呼吸音がいいBGMになっている。

「部長様のOKをもらわないと校内に流せないけど……真白ちゃん、どう思う？」

「お兄さん、センスいいですね……お姉さんのいいところ、たくさん映ってます……」

「はは、それほどでも……」

たまたま、いらないものを削ったら良さげな映像が残ったというだけだ。

でも、真白ちゃんに褒められたのは嬉《うれ》しい。

本編映像が終わったところで、僕は停止ボタンを押す。

「ありがとうございました。でも、私を呼んだのはこの動画を見せるためだけではないですよね？」

「まあね……真白ちゃんに訊《き》きたいことがあるんだ」

映像を観てほしかったのもあるが、本題はそちらじゃない。

あんなことがあって、疑問を放っておけるはずがないだろう。

「なあ、真白ちゃん——」

僕は真白ちゃんの目をじっと見て——覚悟を決める。

大げさかもしれないが、今訊かなければ、十年経《た》っても訊けない気がする。

だから、たとえ勇み足でもここで確かめなければ——

「君は——白河ヨルハを知ってるのか？」

「………っ！」

突然、真白ちゃんが立ち上がり、僕を睨《にら》むように見下ろしてくる。

元から白い肌が血の気が引いて、蒼白《そうはく》になってしまっている——

「お、お兄さん……ヨルハと会った……ヨ、ル、ハが出てき、た、ん、で、す、か！」

「あ、うん、昨日の鎌倉《かまくら》で。いきなり出てきて、僕もなにがなんだか……」

真白《ましろ》ちゃんがヨルハを知っていたことより、おとなしい彼女の態度に驚かされてる。

「……ごめんなさい。急に大きな声を出して」

真白ちゃんはまた唐突に落ち着くと、すとんとソファに座り直した。

「いや、気にしなくていいよ。こっちこそ驚かせたなら悪い」

僕がそう言うと、真白ちゃんは黙って首を横に振った。

「ヨルハがお兄さんの前に……驚きました、私でももう長く会っていないんです」

「レアキャラなんだな、ヨルハは」

下の名前で呼ぶのはためらわれるが、白河《しらかわ》と呼んではまぎらわしい。

僕にとって、〝白河〟は白河白亜《はくあ》だけだ。

「ヨルハはめったに出てきませんし、すぐに引っ込んでしまうんです」

「僕の前に出てきたときもほんの数分で引っ込んだ。でも、白河は特に不思議に思ってなかったみたいなんだよな」

「お姉さんは、ヨルハの存在に気づいていません。ですが、ヨルハのほうは、お姉さんの存在を認識しているようです」

「んん？　それってどういう……？」

昨日ヨルハが現れて消えたあと、白河に変わった様子はなかった。

白河白亜とヨルハの〝入れ替わり〟はいったいどうなってるんだ……？

「お姉さんの中では矛盾はないみたいです。ヨルハが表に出ていたときの記憶が、姉に都合良く調整されているんです」

「人間の記憶って、矛盾を自動補整するのか……」

そんな話を本で読んだ記憶もあるが。

人間の記憶は、意外に事実と違っていても許容できるのかもしれない。

「ただ、それも長時間になったり、身体《からだ》に影響が出るような事態が起きると話が変わるかもしれません。だから、ヨルハはすぐに引っ込むみたいです」

「意外に気を遣うのか、もう一人の白河は……」

だけど、僕に対しては興味深そうではあっても――

ヨルハの目は冷静そのもので、まるで実験動物を見てるみたいだった……。

「なあ、真白ちゃん。あのヨルハっていうのは――」

「すみません、お兄さん。私の口からは多くを言えません。そもそも、多くをわかっていないんですけど」

「…………」

「真白、実はヨルハはちょっと苦手で……怖いのかもしれません。あの人は、お姉さんの姿なのにお姉さんじゃないから……」

それで、さっきあんなに驚いてたわけか。

僕が見た限りでは、白河白亜《しらかわはくあ》はいわゆる〝二重人格〟。

ヨルハは白河のもう一つの人格としか思えない。

でも、白河家のご令嬢が二重人格だと周りに知られたら問題になるのかもしれない。

サスペンスドラマじゃあるまいし、もう一つの人格がシリアルキラーだなんて話ではないだろうが――

真白《ましろ》ちゃんの口から多くを語れない、というのは頷《うなず》ける気もする。

それにしても、もう一つの人格なんて――どうやって生み出されるものなのか。

いや、特定の原因があってもう一つの人格ができあがるのかどうかすら、僕は知らない。

『ん？　まあ、そりゃそう……って、ああっ！』

「わっ」

僕は、とっさにキーボードを叩《たた》いてＰＣの音声をミュートする。

しまった、編集ソフト内でお尻動画バージョンを再生させたままになってた。

「ごめん、音量絞ってたせいで気づかなかった。急に大声出て、びっくりしたよな」

「い、いえ……お兄さんの声、動画で聴いてもやっぱりよく通りますね」

「君のお姉さんにもよく言われるよ。あいつ、妙に僕の声を気に入ったみたいで」

「お姉さんは、昔から声にこだわりがあるんですよ」

「変わってるな……」

そりゃ、声にも良《よ》し悪《あ》しはあるが、普段気にすることなんてほぼない。

「中学生になったら、次々に男子が声変わりして可愛《かわい》くない声になったって、嘆いてました」

「そんなことを嘆かれたら、男はつらいな」

声変わりしても可愛い声だったら、たいていの男は困るだろう。

それこそ声優かＹｏｕＴｕｂｅｒへの道が開かれるかもしれないが。

「でも、そうですね……お兄さんの声がヨルハを呼んだのかもしれません……」

「ん？」

あのとき、僕はキスの話に戸惑っていただけで。

たいしたことは話していなかったと思うが……。

「わ」

そのとき、スマホが振動する音が響いた。

僕ではなく真白ちゃんのスマホで、ＬＩＮＥが届いたらしい。

「すみません……あー、その姉からでした」

「なにかあった？」

「いえ……『早く帰ってきてわたしと遊べ』だそうです」

「真白《ましろ》ちゃんが妹なんだよな？」

姉が妹に「わたしにかまって」とねだってくるとは。

「あの、お兄さん」

真白ちゃんが、きゅっと僕のセーターの袖を握ってきた。

「私と一緒に来て……姉に声を聞かせてあげてください」


二度目の白河《しらかわ》家訪問は、唐突だった。

こんなお金持ちの家をアポ無しで訪ねていいんだろうか。

「大丈夫です、ウチはそんな堅苦しい家ではありませんから」

門の前に着いて、僕が不安そうな顔をしてたからか、真白ちゃんがいきなり言った。

「まあ、真白ちゃんのご両親、ずいぶん気さくだったしな」

「それはお兄さん、騙《だま》されてます。油断させて、お兄さんの人柄を見定めようとしてたんだと思います」

「…………」

姉のほうも、白河夫妻は抜け目ないみたいな話をしてたな……。

僕、この上流階級社会を生き抜けるんだろうか？

「今日はその親は二人ともいませんが、御空《みそら》さんには話を通してるので大丈夫です」

「………………」

親がいない隙を狙って家に上がり込む……本当に大丈夫か？

僕の戸惑いに気づかず、真白ちゃんは玄関のドアを開ける。

「そういえば、この前来たとき真白ちゃんいなかったな？」

「本邸の裏手に別邸がありまして。私はそこで、祖母と暮らしてるんです」

「へぇ……」

まさかとは思うが、跡取りの長女が本邸で暮らして、後継者じゃない次女は別邸に？

そんな時代錯誤な話でもないか……？

単純に、真白ちゃんが祖母の面倒を見てるんだろうか。

騒がしい白河に面倒を見られたら、お年寄りの身体《からだ》はもたないだろうしな。

「お姉さん、二階にいると思います。階段上がって右手が勉強部屋で、その向かいが寝室で。どちらかにいるはずです」

「うん、部屋は前にご招待いただいたんで、わかるよ」

「さすが……お姉さんはなにをするにも素早い人なので」

「………………」

白河白亜《はくあ》の恋は猛スピード。

妹には手の早い人、みたいに思われてるのか？

「私はちょっと、別の用がありまして。ここまででいいでしょうか？」

「あ、ああ。ありがとう」

一人で二階に上がり込むのは気が引けるが、無理強《むりじ》いもできない。

真白《ましろ》ちゃんは、ぺこりと礼儀正しく頭を下げて、玄関から出て行った。

御空《みそら》さんはいるんだろうか……？

使用人が三人いるという割に、人の気配が薄いんだよな、この家。

とりあえず、僕はゆっくり階段を上がった。

右手が前に入った部屋――まったく勉強してる気配はなかったが、勉強部屋なのか。

「ん？」

寝室のドアが大きく開いている。

僕はなんとなく息を殺して、勉強部屋のドア前に立つ。

ちらっと横目を向けると、寝室の中が見えた。

「…………？」

特になんの変哲もない部屋だ。確かに寝室なんだろうが――

どうも、なにか違和感が――

「っと……」

人様の家の、それも女子の寝室を覗《のぞ》くなんて悪趣味すぎる。

僕は首を大きく振ってから、勉強部屋のドアをノックする。

「…………？」

反応がないな。寝てるんだろうか？

でも、このまま帰るというのも――僕は恐る恐るドアを開けてみる。

「うわ、凄《すご》いな……」

入ってみると、白河《しらかわ》の部屋は前に来たときより散らかっている。

文庫本や雑誌、謎のビニール袋などが床に放り出された状態だ。

「白河、どうも。調子はどう？」

「…………っ！　は、灰瀬《はいせ》ぇ!?」

白河は、例の人をダメにするクッションに、手足を投げ出すようなダラけきった体勢で寝転んでいた。

「一瞬、死んでるのかと思った」

「……残念ながら、ちゃっかり生きてるよ」

白河は僕をジト目で睨《にら》みながら、むくりと起き上がった。

「あのさぁ、灰瀬。ウチに来るたびにわたしを驚かせて楽しい？」

「この前は、白河が油断してただけだろ。今日もノックしたし」

「……聞こえなかった。灰瀬《はいせ》の声ははっきり聞こえたのに」

「そりゃよかった」

とりあえず、僕の声を聞かせるって目的は達成できたな。

「真白《ましろ》ちゃんが連れてきてくれたんだよ。ずいぶんダラけてるけど、身体《からだ》はどう？」

「あー、真白が……午前中はずっと寝てたし、脚もパンパンで今朝《けさ》は立ち上がろうとしたとたん、がっくり倒れるトコだったよ」

「まさに自業自得だな」

「どうやったらそこまで慈悲をなくせるの、灰瀬？」

なんと言われようと、鎌倉《かまくら》往復四〇キロの企画立案者は白河《しらかわ》なんだから。

「ああ、一度外に出ようか。白河、着替えたほうがよさそうだし」

「へ？　ああっ！」

白河はピンクのキャミソールにショートパンツという格好だ。

肩紐《かたひも》はズレて胸は半分以上あらわになっていて、ショートパンツの裾はゆるく、寝転がった体勢では太ももの付け根まで見えそうだ。

「ま、まあ別に？　寝間着なんだし、許嫁《いいなずけ》なんだし？」

「上着を羽織る時間くらい待つけど？」

「いいや、追い返したら負けになるから、いい」

いったい、白河《しらかわ》がなにに負けるというんだろう。

僕には一ミリもわからんが、本人がそれでいいというなら居座ってやろう。

「あ、これお土産《みやげ》」

「……灰瀬《はいせ》、マイペースだよね。わたしに慣れすぎじゃない？」

「僕は友情すら低スピードなんだけどな。白河に乗せられてるのかなあ」

「わたしのせいにしないでくれる？」

と言いつつ、白河は僕が差し出したビニール袋を受け取る。

その動作だけで、胸の谷間が見えて大変に目の毒だが――見てないことにしよう。

「これ、コンビニで買ってきたヤツだけど。真白《ましろ》ちゃんが一緒だったから、あまり寄り道するのも悪いと思ってさ」

「おっ、ギャラマの〝もちもち白玉の抹茶あんみつ〟だ。まだ食べてなかったんだよね」

「新作って書いてたから、そうかなとは思った。疲労回復には糖分だよな」

白河は、コンビニでは買い食いしづらいという情報は、さすがに忘れてない。

それに、この前は緊張してて手ぶらで来てしまったが、やはり人様の家を訪ねるときはお土産くらいは持ってくるべきだろう。

「わ、美味《おい》しそう！　灰瀬本人はともかく、灰瀬が選んだあんみつは信用できるね」

「そんな信用できないヤツを部屋に入れていいのか？」

「あんみつのおまけってことで許そう。わたし、おまけ付きのお菓子も好きなんだよね」

「……ずいぶん大型のおまけだな。あ、予算が乏しいんで白河と真白ちゃんと僕の分の三つしか買えなかった」

「ウチの両親と御空《みそら》の分はいらないよ。なんなら、真白の分もいらない。しょうがない、わたしが三つ食べるか」

「僕の分は!?」

いや、真白ちゃん、用があるって言ってたから彼女の分は必要ないのか。

「ああ、別邸にお祖母《ばあ》さんがいるんだろ？　そっちは？」

「おばあはコンビニのスイーツは食べないよ。気位《きぐらい》高くてねえ。京都《きょうと》のお嬢様だったらしいよ。応仁《おうにん》の乱のときは足軽が暴れて大変だったって」

「妖怪なのか？　まあ、気位高いほうが納得できるけどな……」

忘れそうになるが、白河家は尋常じゃない金持ちなのだ。

コンビニスイーツで大喜びしている白河白亜《はくあ》が変わってるだけだろう。

「じゃあ、いただきまーす。あ、美味しい。もちもち白玉、ガチもちもち」

「食欲は充分あるみたいだな、いつもどおり」

昨日の時点でもう学校サボリを決めていたくらいだから、かなり疲れているのかと思っていたが。

「灰瀬《はいせ》は平気そうだね。筋肉痛はないの？」

「ちょっとは脚痛いけど意外となんでもないな。まあ、ゆっくり走ってたし」

白河《しらかわ》の言うとおり、自転車で四〇キロくらいはたいした距離でもなかったのかも。

「ふーん、灰瀬、弱そうなのにけっこう運動できるんだ？」

「無駄に頑丈ではあるかな。車で強めにはねられても、地獄から帰ってきたし」

「やっぱり地獄に堕《お》ちてたんだ」

「やっぱり!?」

軽口を叩《たた》いたのは僕のほうだけど、人を悪党みたいに。

「というか、疲れてるならもう帰るよ。僕の分のあんみつもあげよう」

「あんみつはもらうけど、帰るのは認めない」

「……一度に二つはやめといたほうが」

そもそも、ご両親が買い食いは禁止してるわけだし。

「灰瀬、もうちょっと話し相手してってよ」

「……うん」

そう素直に頼られると困る。

白河は、本当にちょっと弱ってるのかもしれない。

「そういえば白河、目が悪かったんだな」

「へ？　うわあああ、しまったぁぁぁ、今日は眼鏡っ子だったぁぁぁ！」

「そんなびっくりしなくても」

ここまでツッコまなかったが、白河は今日は眼鏡をかけている。

黒縁の割とゴツいフレームの眼鏡で、伊達《だて》じゃなくて度が入っているのも確認できる。

「そ、そんなに視力悪いわけじゃないんだよ。ほら、さっきまで本読んでたから、眼鏡かけてただけで」

白河は、床にページを開いて伏せている文庫本を指差す。

吉本ばななの『ＴＵＧＵＭＩ』というタイトルの本らしい。読んだことはない。

「別に眼鏡かけててもいいんじゃないか？」

「えー……わたし、ノー眼鏡のほうが可愛《かわい》くない？」

「そんなに変わらん」

「素直ならいいってもんじゃないぞ、灰瀬ぇ！」

怒られてしまった。

嘘《うそ》をつかなくても文句を言われるんだから、人間関係とは厄介だ。

「あ、そうだ。もう一つお土産《みやげ》あったんだ」

「えっ？　あまり食べすぎるのもなあ……でも、せっかくだから食べようかな」

「食べ物じゃない」

僕がそう言うと、白河《しらかわ》は親の仇《かたき》でも見るような目を向けてきた。

どんだけスイーツにどん欲なんだよ。

僕はその目に怯《ひる》まず、スマホを操作してテーブルの上に置いた。

すぐに動画が流れ始める。

「あれ、サイクリングの映像、もう編集したんだ。仕事早いね」

「まだざっとした編集だよ。先に部長に確認してもらわないとな」

「部長兼モデルだしね。え、あれ？　なんかオシャレな感じ……」

さすが姉妹、真白《ましろ》ちゃんと反応が同じだ。

「ふーん……」

白河は、テーブルに両肘をついてじーっと眺めている。

まだ余計な部分を削り切れていないので、十五分ほどもあって尺は長め。

今時の映像は長すぎると観《み》てもらえないので、もう少し詰める必要はある。

「ほら、ＹｏｕＴｕｂｅとかで人物も音声も出てこないキャンプ動画がウケてただろ？　それと方向性は似た感じで――」

「黙って」

「はい」

映像に集中させろ、ということらしい。

嬉《うれ》しいような、ちょっと怖いような。

僕が黙っているうちに、十五分の映像は何事もなく終了した。

「この子、顔が全然見えなくてもオーラあるよね。もしかして、一万年に一人の美少女なのでは？」

「……ですね」

人類の歴史上最高の美少女と言いたいのか？

「……って、あれ？　まだ続いてる？」

「…………」

「うあっ……」

白河が変な声を上げて、一度は目を離していたスマホに視線を向け直す。

動画は終わった――と見せかけて、実はまだ停止していなかった。

真っ黒なシーンが一〇秒ほど続いたあとで、画面がぱっと白くフェードインする。

続きの映像は、さっきまで頑《かたく》なに隠していた部分――白河白亜《はくあ》の顔が次々と映っていく。

ほとんどが笑顔で、屈託のない表情が浮かんでいて――

「ねえ、灰瀬《はいせ》。これって……」

「ああ、NG集だ」

「NG集!?」

「ほら、香港《ホンコン》映画とかでスタッフロールと一緒にＮＧ集が流れるの知らないか？」

「知ってるよ！　わたしの笑顔をＮＯ ＧＯＯＤ扱いすんなっ！」

軽い冗談だったのに怒られてしまった。

この映像を編集するのは、本編よりは簡単だった。

どこにでも白河《しらかわ》の笑顔は映っていたので、適当に切り出してきて並べただけだ。

「こんなの撮ってたんだ。なんか、クッソ恥ずい……」

「お嬢様、言葉遣いがなってないぞ」

「うっさいな。でも、灰瀬《はいせ》は……こんなにわたしのこと、見てたんだ……」

「………」

なんか、いいように解釈されているらしい。

僕はただ、特に考えずにカメラを回していただけ――それだけなのに。

とはいえ、この映像を真白《ましろ》ちゃんに見せなかったのは、照れくさかったのかも。

「ふー……」

白河はごつい黒縁メガネを外すと、ため息をついて。

今度こそ動画は終わり、スマホの画面が真っ暗になっている。

「ねえ、灰瀬。もう観念したら？　灰瀬、わたしのこと――」

「な、なんの話だよ……」

僕はスマホを手に取り、ポケットにしまう。

「これ、もう少し編集してから今度の昼休みに流すから。それだけ確認できれば。休んでるところ悪かった、僕はこれで——」

「…………」

僕が立ち上がろうとしたところを、白河がセーターの袖を掴《つか》んでくる。

「……ホントに帰んの？」

「帰らないほうがいいのか？」

僕はなにを聞き返しているんだろう。

白河は元気そうだし、もう少し遊んでいってもいい。

でも——そうなったらきっと、引き返せなくなる。

「わたし、シャワー浴びてくる」

「なっ、なんで!?」

「ず、ずっとゴロゴロしてたから！　へ、変な意味に取らないように！」

「ゴロゴロしてただけなら、汗臭くもならないだろ。むしろ、僕が学校帰りだし、匂いが気になるかも」

「え？　うーん、別に……なんともないよ？」

白河は僕の首元に顔を寄せてきて、くんくんと匂いを嗅いでくる。

ちょっと、近い近い近い！

色素の薄い髪のつむじが目の前にあって、甘酸っぱい香りが漂ってくる。

「わ、わたしのほうは？　ほら、どう？」

「ど、どうって……」

視線を落とすと、ピンクのキャミソールの胸元からくっきりした谷間が見えている。

僕の胸に二つのふくらみが押しつけられ、潰れてしまっていて。

Ｆカップとか具体的なサイズを聞いたせいか、よりヤバく見えてしまう……。

ごくり、と唾を呑《の》み込《こ》んで——

「匂いは——気にならない」

「じゃあ、灰瀬《はいせ》が気になるのは——ここ？」

「………っ！」

白河《しらかわ》は僕の手を掴《つか》み、なにを思ったのか自分の胸へと僕の手を重ねた。

ぷるっ、と柔らかな胸の感触がはっきりと伝わってくる。

「わたしの心臓、ちゃんと動いてるでしょ？　感じる？」

「……………」

僕は、かろうじて頷《うなず》く。

ドクンドクンとはっきり脈動しているのを感じる。

「わたしの心臓、触らせたのは灰瀬が初めてだよ。十人の許嫁《いいなずけ》も誰も、触ったことない」

「心臓を……触ってるわけじゃ……」

だが、白河の言うとおり、本当に心臓をそのまま掴んでいるような感覚が。

「心臓まで触らせちゃうなんて――灰瀬とはずいぶん先に進んじゃったね」

「………」

「もうちょっとだけ、進んでみる？」

「………………」

返事ができないのに、そんな重要な問いかけをされても。

いや、返事ができないからいいのか――

白河の心臓を触りながら、彼女の顔もお互いの吐息がかかるくらい近い。

吐息がこぼれる唇も――

「ハイセ、おまえには覚悟があるのか？」

「…………っ！」

突然の声に、僕は驚いてその場に座り込んでしまう。

「び、びっくりしたぁ……だ、大丈夫？」

「……白河《しらかわ》か」

「？　当たり前じゃん、白亜《はくあ》だよ」

僕が転んだと思ったのか、白河が心配そうな顔で僕に近づいてきている。

白河の顔が、びっくりするほど近くにある。

ヨルハは、また一瞬だけ出てきたらしい。

それにしても——覚悟って？

白河に近づこうとすると、ヨルハが現れる……？

なんだか、ヨルハは僕から白河を守っているかのような……。

「あの、お嬢様。少しよろしいで……申し訳ありません」

「御空《みそら》っ!?」

急にドアが開いて、スーツ姿の御空さんが入ってきた。

ノックはしたんだろうか。今度は僕も全然気づかなかった。

「あの……お取り込み中でしたら、ここでお待ちします」

「そこで待つの!?　そ、そうじゃないよ、御空！　急用じゃないならあとにして！」

こればかりは白河に同意だ。このまま見物されても困る。

「急用ではありませんが、寝室のほうにいらっしゃらないようでしたので。お休みになられたほうが」

「……わかりました」

なぜか敬語で、あらたまって言って、白河《しらかわ》は僕から離れて座り直す。

「御空《みそら》、灰瀬《はいせ》を家まで送ってあげて。わたしはちゃんと休んでるから」

「かしこまりました、お嬢様」

御空さんは、ぺこりと一礼してさっさと部屋から出て行った。

先に車を回してくるのだろうか。

「それじゃ……」

「うん、わたしも明日は学校行くから」

「ああ……」

「あ、待って」

僕が部屋を出ようとすると、白河がまた袖を掴《つか》んできた。

「来てくれてありがと、灰瀬」

「……真白《ましろ》ちゃんに誘われたからだよ。そんなに気の利く男じゃないのは白河も知ってるだろ」

「気は利かないけど、来てくれたじゃん」

「まあ、それくらいは……」

白河の見舞いに来たって死にはしない。

でも、僕は真白ちゃんに誘われたとき、そんなことを考えただろうか？

「弱ってるとき、誰かがそばにいてくれると嬉《うれ》しいもんだよ」

「……そんなもんかな」

僕がつぶやいて――昔、入院したときのことを思い出す。

思い出す――ううーん、あんまり覚えてないかも。

口が裂けても良い思い出とは言えないからかな……。

「どうかしたの、灰瀬？」

「いや、なんでもない。今日はおとなしくしてろよ、白河」

僕は白河がこくりと頷《うなず》くのを確認すると、部屋を出てドアを閉めた。

廊下を進んで、階段を下りる。

「あれ、このまま家を出ていいのかな？　鍵とか……」

白河の家のドアなら、オートロックか？

「灰瀬さま」

「わっ!?」

玄関のほうを覗《のぞ》いたところで、いきなり後ろから声をかけられた。

いつの間に忍び寄ったのか、御空さんが立っている。

「車の用意はできています」

「そ、そうなんだ。わざわざすみません」

「いいえ、お嬢様のご指示ですから。ただ……」

「ん？」

「ご存じですか？　白亜《はくあ》お嬢様には過去に十人の許嫁《いいなずけ》がいらっしゃいましたが……彼らは〝不合格〟になったんです」

「不合格……？」

御空《みそら》さんは僕の前に進み、玄関ドアを開けて外に出た。

僕も御空さんに促され、外に出る。

「彼らには、条件が出されました」

「条件……？」

「結婚までは健全なお付き合いをしてもらう、という条件です」

「それは……建前上はそうなんじゃないか？」

まさか許嫁同士が互いの親に「まだ清い関係です」なんて報告するわけもない。

「真面目なお話です。お嬢様がまだ中学生ということもありますが」

「中学生には見えないから、心配ってこと？」

「それもあります。ただ、灰瀬《はいせ》さまにはその条件が出されていないようなので……」

「………」

キスしちゃダメ、は健全なお付き合いをしろというのと同義では？

いや、キス以外は禁止されているわけじゃない？

極端な話をするなら、キスしなくても最後の一線を越えることはできるわけで——

「い、いや、僕も中学生だし。大人が中学生にそんな話をするのは気まずいだろ？」

「そうかもしれません……ただ」

御空さんは、ちょっと怒ったような顔をする。

「十人の中には、条件を破って白亜お嬢様に手を出そうとした方もいて。灰瀬さまがホテルで見かけた十人目の方もそうですね」

「……まあ、白河《しらかわ》は中二とは思えないからな」

見た目が二十歳超えだからといって、手を出していいわけではないが。

「あのときは助かりました。私の立場では、あの方に手は出せませんので」

「ああ、あの人も良《い》い家の人なんだろうな」

御空さんは使用人って立場だから、相手の家との関係も考慮しなきゃいけないのか。

「僕にはただのチンピラに見えたけどなあ」

「え？　灰瀬さま、あの方をご存じないのですか？」

「知るわけないでしょ、僕はニワカお坊ちゃまなんだから」

上流階級の間では有名人でも、僕には知る由《よし》もない。

「そうですか……ですが、他にも問題のある方ばかりで。白亜《はくあ》お嬢様に手を出せないので、他の女性とお付き合いしたり」

「それもダメなのか？」

「お嬢様がどうおっしゃられようと、許嫁《いいなずけ》が女遊びをしていて愉快だと思いますか？」

「………」

そりゃ、不愉快だろう。

僕だって……別に許嫁の話を全面的に受け入れたわけではないのに、白河《しらかわ》がもし他の男と付き合っていたら？

面白くないことは認めてもいいこともあるかもしれない。僕、なに言ってる？

「そういうことです。そのことだけ、ご理解いただければ。いえ、差し出た口を利いたことをお許しください」

「……御空《みそら》さんは白河が好きなんだな」

「はぁ!?　そ、そういう感情はありません！」

おい、思った以上のオーバーリアクションじゃないか。

今日までの、さっきまでのクール系美女はどこへ行ったの？

「い、行きますよ。今日の運転は荒くなるかもしれませんが、お覚悟を！」

「お、お手柔らかに」

しまった、余計なことを言ったかもしれない。
僕は十一人目の許嫁にして、これまでの十人とは違った条件を出されてる。
そのことの意味を考えるべきなんだろうか――

10　僕の平穏な放課後

最初に見えたのは、薄いクリーム色の天井だった。

なんだか息苦しくて、全身がぼんやり痛くて。

苦しくて痛いせい——でもそのおかげで、自分が生きてることがわかった。

なにもない天井を見ているのはつまらなくて、僕はなんとか視線だけを動かした。

ベッドの横に大きな窓があり、カーテンは開かれている。

高層の部屋なのか、それとも周りに高い建物がないのか、窓からは空しか見えない。

なんだ、この拷問は？

天井が退屈なのは仕方ないとしても、窓の外すら薄く曇った空しか見えないなんて。

このあたりの鳥類はサービス精神を発揮して、ブルーインパルスばりのアクロバット飛行とかできないのか？

こっちは、さっきから息をするたびに胸と左脚から猛烈な痛みが襲ってきてるのに。

窓はあきらめて、脚がどうなってるのか見てやろうと、視線だけ動かしてみたら——

「今日も曇りだね。病院いたら窓の外を見るくらいしか楽しみがないのに、最近天気が悪くて嫌になっちゃうね。会話デッキ、天気しかないのヤバいけど」

「…………」

誰かが、ベッドの横に座っていた。

「そうだ、ほら、今日は白のワンピース。入院着を着ろってうるさいけど、あんなの可愛《かわい》くない。病院キッズをもっと甘やかせっつーの。見て見て、似合うよね？」

白く見える肩までの髪に、透けるような肌、本人が言ってるとおりの白いワンピース。

なんだか上から下まで真っ白って感じだ。

「話しかけてあげたら聞こえるかもしれないってお医者さんが言ってたけど、聞こえてるかなあ。マタイとマルコとルカとヨハネ、あんまりぐっすり寝てると天使が迎えに来るよ。あ、天使はもうここにいるか。参ったなあ」

「…………」

ちょうど窓からの光が当たっていて顔はよく見えないが。

知らない女の子が、延々と一人トークを続けてる。

なんだか、コロコロした可愛い声だ。

天気とか天使とか寝ぼけた台詞《せりふ》はともかく、聞いていて悪い気はしない。

「天使って、死んだ人を天国に連れて行くんだよね。わたし、君を連れていくべき？」

おい、縁起でもないことを。

「でもまだ死んでないしなあ。さっき、ほっぺつねったらあったかかったし」

人が寝てると思って、なにしてくれてるんだ。

だいたい、僕の目が開いてるのが見えてないのか？

「君が死んじゃうならわたしがお迎えにくるよ。その代わり、君も――」

あ……なんかまた、頭がぼんやりしてきた。

女の子はまだなにかしゃべっているけど、よく聞こえない。

言葉にならない可愛《かわい》い声だけが、かすかに伝わってくる。

天使なんているわけないけど、もしもこのまま僕が死ぬのなら。

この子に、天国に連れて行ってもらいたい。


「ふわあぁ……」

「ゆず、なに疲れてんの？」

「いや、夢見が悪くて……」

鎌倉《かまくら》サイクリングから数日後。

六月も間近に迫ってきた、ある日の朝食の席。

我が家の朝食はご飯に味噌汁《みそしる》、ハムエッグにサラダと和洋折衷《わようせっちゅう》になっている。

ウチの母は料理が得意で、こんな単純なメニューでも美味《おい》しく仕上げてくる。

今朝《けさ》もありがたく料理をいただいていたのだが……。

気になる夢を見てしまったのは――

白河《しらかわ》の見舞いに行ったとき、入院してた頃のことを思い出そうとしたせいかな。

すっかり忘れてたことを思い出せたような――まだぼんやりしてるような。

「ちょっと寝不足なだけだよ。ボロアパートからタワマンだし、公立中から私立の名門中だし、環境が激変したんだから、仕方ない」

「ママが文句言われてるみたいだけど……ゆず、白亜《はくあ》ちゃんとは上手《うま》くやってるの？」

「は？　母さん、なにをいきなり」

「一番の激変は、非モテから白亜ちゃんみたいなＳＳＲ美少女の許嫁《いいなずけ》持ちになったことでしょ。そこを言わないから変だと思って」

「非モテとか言うな」

カノジョがいなかっただけで、女子ウケが悪かったわけではない……はず。

「上手くって……別に普通というか。部活は同じだけど」

「部活ねえ。ゆずが放送部に入るなんて。どんなことやってんの？」

「この前、白河と日曜にサイクリング行っただろ。あの映像は校内で流したよ」

一〇分ほどの動画だったが、校内ではびっくりするくらい反響があった。

男子どもはもちろん、女子たちも大喜びで、「動画データをくれ」と放送室まで大勢が押しかけてきたほどだ。渡してないけど。

『ふふふ、校内放送の動画じゃ録画できないしね。プレミア感が大事なんだよ』

動画の主役兼放送部の部長さんは、こうおっしゃってほくそ笑んでいた。

休眠状態だった放送部の活動に反響があったことが嬉《うれ》しいらしい。

「ふーん、ゆずと白亜《はくあ》ちゃんがイチャイチャ自転車漕《こ》いでる映像を流したのか。意外に度胸あるねえ、息子よ」

「イ、イチャついてなんか……まだ知り合って一ケ月《かげつ》も経《た》ってないんだから」

学校で初めて出会った日から、スキンシップが激しかった気もするが。

もちろん、そんな恥ずかしい話は母に伝えてない。

「まあ、ゆずの性格じゃ無理か。カノジョできたこともないもんねえ」

「まだそこを擦《こす》るんかい。僕、中二だぞ。そんなヤツ、いくらでもいるって」

真道《しんどう》の生徒はまだよくわからないが、前の中学ではカレシカノジョがいるヤツのほうが少なかった。

「もしかして、白亜ちゃんがお嬢様だからって遠慮とかしてる?」

「いや、一ミリもそんな遠慮はないな」

「我が子ながら、変に度胸が据《す》わってるわねえ……」

母は呆《あき》れながら、ずずずと味噌汁《みそしる》をすすった。

「実は天条寺《てんじょうじ》のおっさんから、たまに電話来るんだけどさ。ヤツもゆずと白亜ちゃんのことは気にしてるみたいよ」

「気にされてもなあ。というか、電話じゃなくて直接会ったら？　僕は気にしない」

「会うのは月イチの食事会だけで充分だわ。私の家族は、ゆずだけでいいの」

「はぁ……」

「私の老後を支えてくれるのも、ゆずだけ」

「……頑張ります」

いや、そんなところは父に頼るつもりはないよ？

「でも、老後の前にまずは孫の顔を見せてもらわないと」

「…………っ」

危うく、味噌汁を吹き出すところだった。

「中学生に孫を要求するのはどうなんだ……？」

「私、仕事を退職したら世界中を旅行するんだから。その前に、孫と遊んでおかないと」

「母さんの老後を支えるって、旅費を出せって意味か」

それは、退職金とかで賄《まかな》ってくれないかな。

「危うく、孫の前に一人息子があの世に行きかけたからね。できるだけ急いでほしいの」

「僕の人生最大のピンチを軽く語ってくれるなあ」

そんな風に言いつつも、母は僕が意識を取り戻した日に、人目も憚《はばか》らずに泣きわめいたという話を親戚から聞いてる。

「せっかく生き延びて、あんな可愛《かわい》い許嫁《いいなずけ》もできたんだから。このチャンスを逃す手はないでしょう」

「白河《しらかわ》、十人の許嫁をフってきてるらしいよ」

その許嫁の男たちに問題があったとしても、十人という数字はかなりのインパクトだ。

「いい女には、それなりの過去があるものよ。過去があって、いい女になるともいうわ」

「母さんは、たいした過去はないのか……」

「ぶち殺すわよ」

「僕が死ぬと母さんの老後が困ったことになるぞ」

「母の老後を盾に取るとは、たいした息子ねえ」

ご覧のとおり、思春期男子にしては母とは仲が良いほうだ。

なにしろ、母一人子一人の家庭なので、険悪になると家の空気がひどいことになる。

「十人も許嫁がいたのは私も聞いてるわ。十人はドラ息子——良家のお坊ちゃんばかりだったらしいから。良家同士の付き合いは、トラブルも多いんじゃない？」

「灰瀬《はいせ》家なんて、白河家と対立のしようがないよな。白河のお父さんがその気になれば、母さんの職を奪うことも容易《たやす》いんじゃないか？」

「ゆず、白亜《はくあ》ちゃんのご機嫌を損ねちゃダメ――って、あんたには無理か」

「僕、そんなクソ生意気かな？」

白河のご機嫌を取れと言われても不可能だが。

「ああ、でも白亜ちゃんのお父様が言ってたわ。娘は白河家の跡取りってわけじゃないから、気楽に付き合ってほしいって」

「気楽にって言ってもお嬢様だし――って、ん？　白河は、跡取りじゃないのか？」

「ええ、女子だからってわけじゃなくて、妹さんがいて家はそっちが継ぐことになってるらしいわ」

「へえ……」

真白《ましろ》ちゃんが別邸で暮らしてるのは、跡継ぎじゃないから――ではないらしい。

むしろその逆？　跡継ぎだから家の外に出されてる？

どうも、金持ちの考えることはわからないな……。

真面目な真白ちゃんのほうが、当主にふさわしいのかもしれないが。

「白亜ちゃんは可愛いし、いい子だし、おっぱい大きいし、あれは絶対に逃がしたくないわ。なんとしても、私の孫を産んでもらいたい」

「生々しいな！」

あと、おっぱいとか言うな。

思春期の息子をなんだと思ってるんだ？

でも、母が白河《しらかわ》を気にするのは当然か。

こんな僕ですら——白河が気になって仕方なくて。

我ながらなにをトチ狂ったのか、同じ部活に入るという恥ずかしいマネまでしてる。

母さんは逃がしたくないとか言ってるが——

僕がもう、白河から逃げられなくなっているのでは……？


今日も授業は何事もなく終了した。

公立校から私立校に移っても、平和な学校生活を送れているのは幸せなことだ。

「白河さん、お早いお帰りなんだな。放送部はどうした？」

帰りの準備をしつつ、委員長弟と話しているところだ。

隣の席の主は、とっくに教室を出てしまっている。

「白河《しらかわ》、今日は紅坂《べにさか》と遊ぶからお休みらしい」

「部長の気分次第で休みになるシステムなのか、放送部」

委員長弟は呆《あき》れているようだが、まさにそのとおりだ。

僕が気分で休んだら、部長様に怒られるだろうから、理不尽な話だ。

「放送部は自由だな。そういやこの前のサイクリング動画、姉貴がデータもらってウチのリビングで観《み》てたぞ」

「へぇ、白河のヤツ、いつの間に。門外不出にするのかと思ってたよ」

「姉貴が新聞部で謎の転校生と白河さんについての記事を書くらしい。その参考用にもらったんだとさ」

「僕の身に危険が及ぶ記事にならないように言っといてくれるかな？」

許嫁《いいなずけ》とか公表しておいてなんだが、あまり人の恨みは買いたくない。

「まあ、灰瀬《はいせ》は白河さんと大変仲がよろしいようだな。個人的には少し複雑だが……」

「え？　もしかして、白河のこと……？」

「ああ、そういうのでは全然ない。気にしないでくれ」

委員長弟は苦笑して手を振っている。

真面目な委員長弟だって異性に興味くらいあるだろうが……せっかくできた友人と修羅場にはなりたくないな。

そんな、僕にとって大事な友人になりつつある委員長弟は、剣道部に所属している。

部活に行くという彼と別れ、僕は一人で校舎を出た。

「おい」

「…………？」

久しぶりにヒトカラでも行こうかと思いつつ、校門の外に出たところで。

突然、声をかけられた。

そちらを見ると、チャラついた茶髪の男が立っていた。

茶色のブレザー姿で、どうやら高校生らしい。

「おまえ、俺のこと覚えてるか？」

「え？　覚えてるかって言われても——あ、ああ」

一瞬考えてから、なんとか絞り出すようにして思い出せた。

「ホテルで白河《しらかわ》に絡んでたチャラ男さん——」

「相変わらず、言いたいこと言うじゃねぇか、クソガキが」

「……すみません」

しまった、つい余計な付け足しを。

「ふん、まあいい。ちょっと、顔貸せ。なに、時間は取らせねぇよ」

「殺されるんですか？」

死ぬかもしれないなら、行きたくない。

「殺すなら自分で来ねぇよ。専門業者に委託する。いいから、ついてこい」

「………………」

意図はわからんが、ドツかれる程度で済むかな？

僕ってもしかしなくても、この人から許嫁《いいなずけ》を奪ったことになるんだろうし。

「おごりだから、好きに食え。ま、バイキングだがな」

「………………」

僕が連れてこられたのは、とある高級ホテル内のレストラン。

曜日限定でスイーツバイキングを開催しているというお店だった。

金持ちって、事あるごとにホテルに行くよな……。

「ん？　甘い物、食えるって言ったよな、おまえ？」

「え、ええ、大丈夫です」

白河に付き合って、いろいろ食べたせいでスイーツブームが来てるまである。

まあ女子じゃないので、太る心配は正直してない。

それより、この人におごってもらってる事態のほうが心配だ。

このチャラ男——青龍《せいりゅう》さんというらしい。

高校二年生で年上らしいので、いくらチャラくて胡散臭《うさんくさ》くても敬語が必要だ。

とりあえず、美味《おい》しそうなケーキをいくつかお皿に盛《も》ってきた。

一人四〇〇〇円もするらしいので、たっぷり食べて元を取らないと。

「でも、あまり男二人で来るようなところでもないような……」

「くだらねぇ。男子禁制ってルールはねぇんだし、金払ってマナーを守って美味《うま》そうに食ってりゃなにも問題ねぇんだよ」

「はぁ……」

意外と良《い》い人、意外と常識人なのかもしれない。

人を第一印象だけで判断してはいけないいな。

「あ、でも美味いですね。チーズケーキ、ふわっとトロけるみたいでいけます」

「おお、わかってるじゃねぇか。このチーズケーキが実はここで一番美味いんだ。この店、妹に教えてもらったんだが、一通り食って確かめたから間違いない」

「へえ、妹さんが……」

チンピラの妹ならヤンキーだろうか――っていうのは失礼か。

「テイクアウトもできるから、家族に土産《みやげ》に持って帰ってやれ」

「ど、どうも」

普通ならさすがに遠慮するところだが、どうも断り切れない雰囲気がある。

「詫《わ》びだと思ってくれ。この前のホテルじゃ絡んで悪かったな」

「え、そのためにわざわざウチの学校まで？」

「そんなわけねぇだろ。それだけじゃねぇよ」

青龍《せいりゅう》さんも、モグモグと美味そうに僕と同じチーズケーキを食べている。

「おまえが十一人目らしいな」

「……ええ」

上流階級って、そんな情報まで共有されるもんなのか。SNSより怖い。

「そりゃ、おまえに興味くらい持つだろ。あいつ――白河白亜《しらかわはくあ》は次々に許嫁《いいなずけ》をフってきてんだ。その割に、おまえだけはずいぶん気に入ってるらしいじゃねぇか」

「白河は、僕を好きに振り回せるオモチャだと思ってるんですよ」

「おまえ以外の許嫁には、オモチャ程度の興味も持たなかったんだよ、白河白亜は」

青龍さんはチーズケーキを食べ終わり、次の苺《いちご》のミルフィーユをフォークで切り始めている。

さすがに育ちがいいだけあって、見た目はチャラくてもマナーは完璧だ。

「白河白亜が、おまえのどこを気に入ったのかと気になったんだがな。よくわからねぇ」

「僕自身もわかりませんね……声が気に入ったとか言ってますけど」

「声？　確かにちょっと変わってんな。まだ声変わりしてねぇのか」

「いえ、もうしましたけど……あまり変わらなかったみたいです」

「ふん、そんなこともあるんだな。声が良いっていうのは、組織のトップに立つ者には重要な資質なんだよ」

「え？　声なんて関係ありますか？」

僕はトップとか、そんな恐ろしい立場からはもっとも縁遠いからわからない。

「織田信長《おだのぶなが》の声も、甲高くて戦場でもよく通ったらしい。政治家のスピーチだって、内容よりも、むしろ通る声ではっきりしゃべれるかのほうが重要だ。内容は誰かに考えさせりゃいいが、しゃべりは自分でやるんだからな」

「信長とか政治家とか言われても……」

僕には縁遠いにもほどがある。

「白河《しらかわ》家とくっつくってことは、そういうことも意識するってことだ」

「ご存じかもしれませんが、僕はあくまで天条寺《てんじょうじ》家じゃなくて、灰瀬《はいせ》家の子なんで……」

青龍《せいりゅう》さんは、僕の事情くらいは知った上で会いにきたんだろうが。

「おまえがどう思ってても、事態はもう動いてんだよ。どうも、白河家にとっちゃ、白河白亜《はくあ》は特別な子供らしいしな」

「特別……？」

「俺たちみたいな家に生まれたら、だいたいガキの頃からパーティで顔を合わせたりするんだよ。でも、白河家の長女は誰も見たことがなかった」

「……次女は見たことあったんですか？」

「真白《ましろ》とかいう、小せぇ子だろ。そっちは知ってた」

青龍さんは苺《いちご》のミルフィーユに続き、チョコレートケーキのオペラも食べ、皿をカラにすると席を立ち、補充して戻ってきた。

ホント、よく食べるな……上流階級はスイーツの嗜《たしな》みがあるのが当然なのか？

「おまえも遠慮しないでガンガン食えよ。ケーキくらい、晩飯のオードブルみたいなもんだろ」

「ゆっくり味わうタイプなので……」

僕は育ち盛りだが、体育会系じゃないし、大食漢でもない。

それに、どうも美味《おい》しいケーキも喉を通らないような会話が続いてる。

白河は理解しづらい女の子だが、なんだか謎が増えそうな――

「でもな、白河白亜の存在は一部では知られてた。名家同士の付き合いと、全然関係ないところでな」

「あいつ、なにかやらかしてたんですか？」

「おまえ――黒崎夜羽《くろさきよるは》って聞いたことねぇか？」

「くろさき……ヨ、ヨルハ？」

おいおい、まさか――

ここで、ヨルハの名前まで出てくるとは思わなかった。

「おまえ、俺より三つ下だったか。それだとあまり記憶にねぇかもな。えーと……ほれ」

青龍《せいりゅう》さんはスマホを操作して、テーブルに置いた。

ブラウザが開かれ、ネットのニュース記事らしきものが表示されている。

「え……？　これ……白河《しらかわ》、白亜《はくあ》ですか？」

色素の薄い髪は今より短いし、なにより今よりずっと幼い。
六、七歳というところだろうか？
だが——確かに今の白河白亜の面影が感じられる少女の写真と。

黒崎夜羽《くろさきよるは》、という名前が大きく載っていた。

「芸名で子役やってたんだよ、あいつ。一時期だけだったらしいがな」

「げ、芸能人だったんですか？」

完全に初耳だし、母も白河の両親も誰もそんな話はしてない。

あの外見なら、余裕で役者としても通じるだろうが……。

「見てのとおりガキの頃からツラはいいし、珍しい髪の色も特徴的だろ。なんか雰囲気もあるしな。人気も出るってもんだ」

青龍さんは、画面に表示された白河の顔をトントンと指でつついた。

「白河グループ系の企業のＣＭに何本か、それと映画にもけっこう出てる。ＣＭはすげぇ美少女だとかで、話題になってた。映画も大ヒットではねぇが、そこそこ人気だったぞ」

「……自分の娘をＣＭに使うとは、意外に白河家もケチですね」

「というより、融通《ゆうづう》の利く作品にしか出てねぇ。映画も白河家がスポンサーだったらしい。プロモのためにインタビュー受けたり、ましてやバラエティに出たりは一度もなかったみたいだな」

「今時、よほど気難しい大御所俳優でもありえないですね」

CMはともかく、映画は宣伝が重要——素人《しろうと》の僕でも、それくらいはわかる。

大物の役者がバラエティに出て身体《からだ》を張ったりするのも珍しくない。

子役がそんな偉そうな態度は取れないだろう、普通なら。

「でも、白河が役者だったなんて……」

ただ、言われてみれば——

サイクリングで撮影してたときも、白河は撮られ慣れていた気がする。

僕のような素人が編集した動画が好評だったのも、そもそも被写体のおかげだった？

「おまえ、気づいてたか？　白河白亜は、化けるのが上手いんだよな」

「え？　ば、化ける……？」

青龍さんの表情をじっと見てみても——冗談を言ってるようには見えない。

「俺の前じゃ、いつも借りてきた猫みたいにおとなしいと思ったら、おまえも見てたあのホテルじゃ、年上の俺をまるでガキ扱いだった。なんだ、ありゃ？」

「僕はどちらかというと、白河は自由奔放なタイプだと思ってますけど……」

「人によって見え方が全然違う。演技派《うそつき》だ、あの女は」

「………………」

それこそ、僕が白河《しらかわ》に持っていた印象とはまるで違う——真逆《まぎやく》と言ってもいいくらいだ。

白河は天然のまま、自分の心の赴《おもむ》くままに生きているタイプだと思ってる。

いきなり人をサイクリングに連れ出し、「鳩《はと》サブレーを買いに行こう」なんて言い出すのは天然じゃなければできない。

完全に、そう思い込んでいたが——

まさか、白河ヨルハももう一つの人格なんかではなく、演技——？

考えてみれば、真白《ましろ》ちゃんだって姉が二重人格だと言ったわけでもない……。

いや、そんな演技をする理由が白河にあるのか？

僕は白河を見ているつもりが、大事なことを見落とし続けてた……？

「おい、あんまり深く考え込むな。女なんて、だいたい嘘《うそ》つきだろ」

「ド偏見ですね」

ただ、深く考えすぎてもダメなのはそのとおりだ。

いくらここで考えたところで、白河の謎を解き明かせるわけがない。

「ふん、おまえも何度か女に騙《だま》されりゃわかるさ。ま、今日はおまえに謝りにきたのと、ついでに忠告だ。お嬢様が純情可憐《じゆんじようかれん》だなんて思うなよ。あの白河白亜《はくあ》は特にな」

「青龍《せいりゅう》さん、見た目に似合わず、親切なんですね……」

「うるせぇよ。ああ、別に白河白亜を貶《けな》してるわけでもねぇからな。どれが本性なのかなんて、あっさりフラれた俺にはわからねぇ」

「青龍さんのお幸せを祈ってますよ」

「おまえ、一般家庭で育ったって割に根性据《す》わってるよな……」

「そうですかね」

平凡な一庶民だからこそ、良家の子女にも逆に怯《ひる》まないのかもしれない。

金持ち社会での上下関係なんてわからないし、わかるつもりもないからな。

「でも、僕のことまでよく知ってますね。お金持ちの調査能力って、ＳＮＳ時代でも健在ですか」

白河も僕のことをよくご存じだったしな。

「そんなたいそうな話じゃねぇよ。たまたま家で観《み》たサイクリングの映像を撮ったのがおまえだって話を、妹と弟から聞いたんだ」

「妹と弟？」

サイクリングって――先日の鎌倉《かまくら》行きのことか？

「は？　まだ気づいてなかったのか。珍しい苗字《みようじ》なのによ」

青龍さんは、ずずっとホットコーヒーを一口すする。

「おまえのクラスに双子がいるだろうが。青龍愛夏《せいりゅうあいか》と夏緒《なつお》だよ」

「…………」

普段、委員長としか呼んでこなかった弊害が出たな。

意外に世間って狭いもんだ。

そういえば、真道《しんどう》にいる以上、親切な双子委員長たちもお金持ちなんだっけ。

なるほど、青龍夏緒も兄の元許嫁《いいなずけ》と新たな友人が許嫁同士になったら、複雑な気分にもなるだろうな。

11　私は真実を知ってほしい

僕は、これといって隠し事などはしていない。

なんでもぺらぺらしゃべるわけではないし、時には嘘《うそ》もつく。

でも、基本的に自分を偽るようなことはほとんどしない。

というより、そんなことをする必要がない。

灰瀬譲《はいせゆずる》の特徴といえば、母子家庭で育ったことくらいだ。

交通事故に遭ったことは多少珍しいかもしれないが、すぐに完全回復したし、トラウマになってるわけでもない。

僕は、ヒトカラが趣味なだけのごく平凡な中学二年生だ。

父親が金持ちだということは、まだ我が事のように思えてない。

一方で、白河白亜《しらかわはくあ》はどうだろうか？

大金持ちのお嬢様で、大人びた美少女。

性格はエキセントリックで、わがままでいかにも自由に育ったという印象。

二重人格という疑惑まである――

僕はそれらに振り回されて、多くのことを見落としていなかったか？

ミステリーじゃないんだから、白河《しらかわ》の謎を解いていく必要などない。

だが、白河白亜《はくあ》は僕の許嫁《いいなずけ》なのだ。

彼女を理解することは必要だ——たとえ結婚する気がないとしても。

僕は白河に興味を持ってはいるが、結婚しようとまでは考えていない。

むしろ、中二で結婚を考えているほうが異常だろう。

ただ、思えば白河白亜の謎を解くヒントはいくつもあった気がする。

謎に踏み込もうと覚悟する、その後押しをしたのが、モブでチンピラのようだった青龍《せいりゅう》さんというのが意外ではあるが——


「……なんだ、ここ？」

「え？　天橋立《あまのはしだて》だけど、知らない？」

「天橋立は知ってるよ！　なんで僕、ここにいるんだ⁉」

「御空《みそら》が車で一晩ぶーんっと走って」

「…………」

そう、僕が夜中にベッドに寝転んで悶々《もんもん》と悩んでいるところに。

突如、白河と御空さんが我が家を訪ねてきて。

一応、母に断りを入れてから連れ出されてしまった。

わけもわからず、車で一晩走って到着したのは——京都《きょうと》の北部、天橋立。

「綺麗《きれい》だね。わたしには負けるけど」

正確には、天橋立を見下ろす展望所だ。

入江を横断するように、数千本の松が並ぶ細長い砂州《さす》が天然の橋となっている。

どこか現実離れした絶景で、日本三景に選ばれるだけのことはある。

まだ朝早い時間で周りが静かだからか、より神秘的な印象だ。

とはいえ――

「僕、京都まで来るなんて一ミリも聞いてなかったんだが？」

「白亜ちゃんは悩みました」

「は？」

「この前、鎌倉《かまくら》に鳩《はと》サブレーを買いに行ったじゃん？　で、次は和菓子にするべきかと。それなら、伊勢《いせ》の赤福《あかふく》か青森《あおもり》の南部《なんぶ》せんべい。和洋にこだわらないなら、仙台《せんだい》の萩《はぎ》の月、北海道《ほっかいどう》まで足を延ばして手軽に美味《おい》しい白い恋人もアリ」

「…………」

他に悩むことないのか？

「昨日、緋那《ひな》と遊んでたんだけど、訊《き》いてみたんだよ。なんか食べたいお菓子とかあるかって。そしたら、京都の八ツ橋だって」

「……紅坂《べにさか》、長年の付き合いの割には軽率なことを言ってくれたもんだな」

白河《しらかわ》がその気になって買いに行くかもって気づいてくれよ。

「この前、頼《より》ちゃんの鎌倉《かまくら》に行ったんだし、今度は尊《たか》ちゃんの室町《むろまち》かなっていうのも」

「ここ、室町通りじゃないけどな……」

その次は家《いえ》ちゃんの江戸《えど》か？　江戸なら、東京ばな奈か？

「というかな、白河」

「ん？」

「今日ってド平日なんだが⁉　学校は⁉」

「わたし、学校休むのに慣れてるからなあ」

「僕は慣れてないんだよ。割と真面目なんだよ」

「あ、写真撮って緋那《ひな》に送ったろ。あいつもクソ真面目だから怒るだろうなあ」

「わざわざ挑発するなよ……」

僕のツッコミをスルーして、白河はスマホでぱしゃぱしゃ写真を撮っている。

しかも、自撮りしつつ僕もフレーム内に収めてる。

とばっちりで僕まで紅坂《べにさか》に怒られそうな気がしてならない。

突然の京都行《きょうと》きの原因は紅坂にもあるのに。

「京都……京都って修学旅行で来るんじゃないか？」

「真道《しんどう》だと中等部はロンドン、高等部はハワイかな」

「……旅行費の積み立ても高くつきそうだな」

おそらく、真道に通う生徒のご家庭でそんな金額を気にする家はないんだろうが。

ウチも学費は父親に出してもらってるからな……。

「修学旅行は修学旅行。これはこれ、だよ」

「今回は映像も撮ってないんだが……ああ、今から撮らなきゃダメか」

「撮らなくていいよ。せっかくの景色なのに、カメラ越しに見るなんて野暮《やぼ》じゃない？」

「なんのために僕を拉致《らち》ったんだよ!?」

放送部の配信のためじゃないなら、ただの旅行じゃないか。

「普通に旅行するんじゃダメなの？」

「うっ……」

そんなまっすぐな目で見られても。

「ダメってことはない――いや、趣旨がわからんのは困る。困らないが、わかるに越したことはないだろ」

僕が説明してみせても、白河は「ふーん」という興味なさげな顔だ。

彼女自身、自分の行動が説明できないのでは……？

「はぁ……御空《みそら》さんに悪いなあ。横浜《よこはま》から京都まで何時間もかけて、こんな意味のないドライブなんて」

「御空《みそら》は車の運転好きだからね。休みの日もドライブしてるくらいで」

「ええ、マジか……」

仕事で車を運転してるのに、趣味でも走ってるのか。

いや……ウチの母だって仕事で旅行して、プライベートでも旅してるもんな。

「わたし、飛行機とか新幹線より、車のほうが好きなんだよね。自由にくつろげるし、飽きたら途中で高速降りてどっか行けるし」

「自由すぎる」

御空さん、僕なんかよりずっと白河《しらかわ》に振り回されてきたんだろうな。

「わたしの従姉《いとこ》――母方の従姉にも車好きな人がいてさ」

「ん？　そうなのか」

「ウチの母方もお金持ちでさ、従姉も実家に高い車があるのに『自分の車がほしい』って、わざわざバイトして中古車買って、嬉《うれ》しそうに乗り回してた」

「へぇ……」

なんだ、いきなり変な話が始まったぞ。

けど、白河は自分から話し始めたくせに、なんだか憂鬱そうな――

「でも、事故を起こして子供をはねちゃって、自分も死んじゃったんだよね」

「………」

「ただ、従姉は事故を起こす前に発作を起こして亡くなってたんだけど。というより、運転中に亡くなったから事故を起こしちゃった……」

「……気のせいかな、どっかで聞いたことある話だな」

「ごめん」

白河はぽつりと言って、またスマホを天橋立《あまのはしだて》のほうに向けた。

穏やかな朝日に照らされた奇妙な入江は、やはり絶景で――

その絶景の中にいる長身の少女は、なぜか不思議なほど儚《はかな》く見えた。

「お姉さん、持病もなかったし健康診断でも問題なかったんだって」

「……それなら、その人には本当にまったく責任はないと思う。不幸な事故だよ」

急に症状が現れたのか、検査に見落としがあったのか。

そんなことは、僕が知らなくていいんだろう。

白河は、こくりとほんの少しだけ頷《うなず》いて――

「でね、白河の家は有名な病院とお付き合いがあって、はねちゃった子供をその病院で治療したんだって。もちろん無料で」

「白河の母方には、病院とのお付き合いはなかったのか」

「残念ながらね。でも、白河家にお任せだよ。灰瀬《はいせ》もなんかあったら、その病院に入れてあげるから、遠慮せずケガしてね」

「そこはさすがに遠慮したい……」

病院入り放題——こんな嫌なサブスク？があるだろうか。

でも、白河《しらかわ》が思いきってしてくれたこの話を、聞き流すわけにもいかない。

「そういえば、僕も前に車にはねられたことあるって話したよな」

「うん、地獄に堕《お》ちかけたって」

「考えてみれば、地獄から帰ったら天国だったよ。病室は個室だったし、ずいぶん手厚い治療だったし、担当の看護師さんも凄《すご》く可愛《かわい》かった気がする」

「最後のはセクハラかなあ」

「厳しいな」

白河がやってることは、許嫁《いいなずけ》の立場を利用したパワハラでは？

ついでに付け加えるなら、白河が僕の交通事故のことまで知っていたのは——つまり、そういうことだよな。

「だから、僕の場合ははねた人を全然恨んでない。これも前に言ったっけ？」

「灰瀬《はいせ》は優しいね。わたし以外には」

亡くなった人に恨みをぶつけるほど人でなしじゃないってだけだ。

この話は、その結論だけでいいだろう——驚いたことも忘れてしまおう。

「白河は、ご両親にも御空《みそら》さんにも真白《ましろ》ちゃんにも、紅坂《べにさか》にも甘やかされてるだろ。一人くらい厳しいのがいないと」

「わたしは、灰瀬を甘やかしてるよ」

「そ、そうだっけ……!?」

白河と僕で、あまりにも現状認識に差がありすぎるぞ……！

「いろんなトコに連れて行ってるじゃん。この前の自転車も今回の車も、わたしのだよ」

「白河家のだろ」

「わたしは、白河家の一部を好きに動かせるんだよ。期間限定な分、権限は大きいよ」

「期間限定？　お嫁に行ったら他人、とか？」

もしも、もしも白河が灰瀬家に嫁に来た場合は、とても慎《つつ》ましい暮らしをしてもらうことになる。

僕は自分が金持ちになるビジョンは見えてないから。

「そんなとこかな。だから、やれるうちにやりたいことやっとこうって。まだまだ足りないけどね」

「こ、怖すぎるんだが……」

これ以上、まだ僕を翻弄《ほんろう》するつもりなのか？

「ふふふ、いい顔するじゃないか、灰瀬ぇ」

「突然のドＳキャラやめろ」

この女、キャラが自由自在すぎる。

「でもさ、いい景色を見られるんだから、悪くはないでしょ？」

「……景色はな」

真夜中に拉致《らち》されて、一晩車を走らせてやって来たんじゃなきゃ、もっとよかったな。

そんな僕に——白河《しらかわ》はニヤリと笑いかけ、絶景の前で僕の顔を覗《のぞ》き込《こ》んでくる。

「楽しんでよ。灰瀬《はいせ》を連れ出してるのは——ま、婚前旅行だからね」


京都《きょうと》は日本でも最大の観光地と言っても過言じゃない。

さすがに、京都まで来て八ツ橋を買ってトンボ返りは馬鹿馬鹿しいので、僕と白河は観光していくことにした。

放送部の企画ではないので、好き勝手に写真や動画を撮ったりもしつつ。

御空《みそら》さんが車であちこち連れ回してくれた上に、お寺や神社の解説までしてくれた。

お金持ちの付き人って、観光ガイドの心得まであるのが普通なのか？

旅行会社に勤める我が母の立場がなくなりそうだな。

そんなこんなで、平日の京都観光を楽しみ——

「あー、晩ごはん美味《おい》しかったー。もうお腹《なか》いっぱいだぁ」

「……そう言いつつ、なに食べてんだ、白河」

とある高級旅館の一室。

畳敷きの広い和室、白河は座卓の前に座っている。

「生八ツ橋も美味しいけど、せんべいタイプの八ツ橋も好きなんだよね。このバリバリ音がまたよくて」

「さっきの夕食、メロンとアイスクリームがデザートについてなかったっけ？」

なんなら、アイスクリームは僕の分まで白河に奪われてたような？

白河はお土産《みやげ》に買ったはずの八つ橋を、バリバリ嬉《うれ》しそうに食べている。

そんな彼女は、浴衣《ゆかた》一枚という格好だ。

僕も同じく浴衣姿だが、どうもこういう服装は慣れない。

「灰瀬、あんま浴衣似合わないね。着こなしもイキじゃないなあ」

「そういう白河は、意外にきっちり着てるな」

「わたし、着物の着付けもできるよ。これでもお嬢様だからね」

「忘れてた」

「おいっ」

白河がバリッと八ツ橋を噛《か》みながら睨《にら》んでくる。

なんというか、馬鹿なやり取りでもしてないと、この状況に耐えられないかも。

旅館の部屋を二つ取っていて、白河《しらかわ》と御空《みそら》さんの部屋、僕の部屋となっている。

ここは僕のために取ってもらった〝男子部屋〟なんだが……。

お風呂と夕食を終えたあと、白河は当たり前のように僕の部屋でくつろいでいる。

湯上がりなので長い髪を後ろでまとめているのが、妙に色っぽい。

白河はただでさえ大人びてるのに、上気した肌やシャンプーの甘酸っぱい匂いを漂わせているので、同じ部屋にいると――ソワソワしてしまう。

御空さんは遠慮したのか、旅館に着いてからまったく姿を見せない。

遠慮はいらないんだが……まさか本当に婚前旅行じゃないだろうし。違うよな？

「なあ白河、お嬢様なら自分の部屋に戻ったほうがいいんじゃ？」

「このお部屋もわたしのお金と権限で取ったんだし。灰瀬《はいせ》に文句は言わせないよ？」

「くっ……！」

白河のご両親、あまり甘やかしては駄目ですよ！

僕が可哀想《かわいそう》になるから！

「せっかくのお泊まりなんだから、おしゃべりしようよ。ねえねえ、灰瀬、好きな子とかいる？」

「修学旅行か!?」

だいたい許嫁《いいなずけ》への質問だろうか、それ？

「灰瀬は恋愛感情とか死んでそうだもんなあ。あ、でも可愛《かわい》いと思う芸能人とかはいるんじゃない？　ほら、グラドルの天無縫《あまなしぬい》ちゃんとか」

「その人好きだな、白河。僕は知らないけど」

僕は芸能関係には疎《うと》い。

カラオケが趣味なので、アーティストなら多少は知ってるが。

「……ああ、そうだ。芸能人ならこの子とか」

「え？　おー、灰瀬も男の子なんだね。どれどれ、どんなエロい子――」

僕がスマホを操作して座卓の上に置くと、白河はすぐに覗《のぞ》き込《こ》んできた。

そこには――

『ぼくを守ってくれなんて頼んでない！』

真剣な顔で叫びを上げる小さな子供が映っている。

「……黒崎《くろさき》、夜羽《よるは》」

白河は無表情だった。

驚いているだろうに――もしかして本当に演技派なのか。

「映画のタイトルは『雨降りの日に天使は飛べない』」

僕はスマホを指し示しながら説明する。

「主役の子は、何年か前に引退した役者らしいけどな。この映画の予告編も、他に出演してたCMなんかもYouTubeに公式が上げてすぐに見つかったよ」

「ふぅん……灰瀬《はいせ》、ロリ趣味なんだ。この子、JSだよ？」

「小さい子を可愛《かわい》いと思うことは違法じゃないだろう」

それは事実だが、ひとまず置いておくとして——

検索すれば、黒崎夜羽《くろさきよるは》の映像は簡単に見つかった。

あまりテレビに興味がなくても、映画の予告編やCMは頻繁に流れていたらしく、見たことがあるのも当然で。

でも、中二の白河白亜《しらかわはくあ》は成長しすぎたせいで、気づかなかったみたいだ。

「ううう……」

「白河？」

「あああ、バレちゃったあぁぁぁぁ……！　灰瀬、全然気づかないからほっとしてたのにぃ！　誰！　誰がバラしたんだあ！」

「十人目の青龍《せいりゅう》さんだ」

「あのチャラ男……！」

僕があっさり白状すると、白河は人殺しみたいな怖い目を虚空に向けた。

青龍さんはただでさえ白河に嫌がられてたのに、これで確定的に嫌われたかな。

まあ、許嫁《いいなずけ》は解消されたんだから別にいいだろう。我ながらひどいが。

「よし、削除要請を出そう。ネットの海から永久に消し去ってほしい……！」

「今さら無理だろ。それより、黒崎夜羽って――」

「まあ、若気の至りってヤツ？」

白河は、はぁ……と深いため息をついた。

「最初はウチの会社の人に頼まれて、一回だけってことでCMに出たんだよ。そしたら、一回じゃ終わらないどころか流れ流れて映画にまで出ることに……芸名にしといたから致命傷は避けられたけど！」

「白河でも意外に流されるんだな――って、芸名？　夜羽って名前も？」

「当たり前だよ、白河白亜は本名。どこの世界に許嫁に偽名使うヤツがいるの」

白河ならやりかねないが……白河のご両親や妹さんまで一緒になって、僕を騙《だま》すことはないだろう。

「夜羽っていうのは――白河が役者だったときの芸名なんだな？」

「うん。わたしが決めたんじゃないけどね。いつの間にか決まってた。本名だと恥ずかしいし、なんでもよかったんだけど」

「待った。夜羽って名前の由来は――」

「そういや、誰が決めたんだろうね？　当時は、全然気にしてなかったかも。パパが決めたのかな？」

「…………」

白河白亜《しらかわはくあ》は演技派だ──

あくまでそれは、青龍《せいりゅう》さんの印象でしかない。

僕から見れば、少なくとも今の白河が嘘《うそ》をついてるようには思えない。

「ヨルハ」

「おいおい、未《いま》だに白亜とは呼ばないくせに、芸名で呼ぶんかい。もうその名は捨てたんだよ、灰瀬《はいせ》」

「……そうか」

もう一人の白河白亜、白河ヨルハ。

たった二度〝現れた〟だけで、交わした言葉も数えるほどだ。

ヨルハは口調から雰囲気まで、白河白亜とはまるっきりの別人のようだった──

あれが演技だとは考えにくいが、二重人格とも断定できない。

それに白河の芸名とヨルハの名前、どちらが先に名付けられたのか……。

「もう、なにが本当なのかわからない」

「灰瀬？」

「僕は、どこにでもいる中学生なんだよ。こんなこと認めたくないけどさ」

「なに、いきなりなに言ってんの？」

「僕はあの事故以来、死ぬのが怖くなった。でも逆に死ぬわけじゃなけりゃ、なんでもできる。振り回されるばかりなんて、冗談じゃない――」

「ひゃっ……………！」

僕は白河の肩を軽く掴《つか》み――畳の上に押し倒した。

僕より十五センチも身長が高いはずの白河の身体《からだ》が、あっさりと倒れた。

「え、なに？　ここで？　今、そういうタイミングだっけ……？」

「白河のペースに合わせてばかりってわけにはいかないんだよ。リズムを狂わせないと、反撃できない」

「わお……」

白河は、ふざけた声を上げた。

白くも見える長い髪は風呂上がりに後ろでまとめていたが、押し倒したときにほどけて、畳の上で広がっている。

浴衣《ゆかた》の帯も倒れたときに緩《ゆる》んで、前がはだけてしまった。

さすがに下着は着けていて、白いレースのブラジャーがわずかに覗《のぞ》いていて、谷間もくっきり見えている。

裾も乱れて、白い太ももがあらわになってしまった。

「言っとくけど、僕はいろんな意味で普通だから。目の前に可愛《かわい》い女の子がいて、誘いをかけるようなことを言われて、いつまでも黙って引き下がると思わないでほしい」

「……今日は、灰瀬《はいせ》を誘ってないけど？」

「積み重なったものがあるんだよ」

白河白亜《しらかわはくあ》はあらためて見ても美少女——いや、美女と表現していい。

背が高くて大人っぽくて、風呂上がりですっぴんでもその美貌は普段と変わらない。

メイクしていないほうが、年相応の幼さも見えて、不思議な魅力が——

「でもさ、灰瀬は許嫁《いいなずけ》だから。こういうことになるのは……遅かれ早かれじゃん？」

「前の十人は——」

「あの人たちは、声が気に入らなかったから」

「…………」

また声だ。

声のなにがそんなに重要なんだろう？

「灰瀬、わたしはいいけど……キスしたら許嫁は終わりだよ？」

「終わり……」

それでもいい——それを望んでいるのかもしれない。

白河にキスしても死ぬわけじゃないが、彼女との関係は間違いなく変わるんだろう。

「許嫁なんて……僕には未《いま》だに現実感がないよ」

そうつぶやいて、僕は白河の浴衣《ゆかた》の前を直し、下着も谷間も見えなくなる。

別に僕が直す必要はなかっただろうが、やらずにはいられなかった。

こうしないと――僕の正気がまた失われそうで。

「……ちぇっ、灰瀬は意外と度胸あるのかなと思ってたのに。わたしに手を出したって死ぬわけじゃないよ？」

「いや、死ぬだろ。御空《みそら》さんに殺される」

「御空も命までは取らないよ」

「半殺し確定!?」

生死の境を彷徨《さまよ》うのは一回だけで充分だ。

「とにかくさ……白河は、僕をかいかぶりすぎてるんだ」

灰瀬譲《ゆずる》という中学生は、白河白亜のような――特別な女の子が心と身体《からだ》を許すような相手じゃない。

少なくとも、僕はそう思う――思うくらいには、自分を低く評価してる。

こんな自分がなにかを望んでも、得られることはないと思っているからだ。

ほしいものが手に入らないなら、いっそなにも望まないほうがいい。

月に一、二度のヒトカラを楽しむくらいが分相応なんだよ。

白河、君にはそれがわからないんだろうな――

「すー……すぅー……」

「……マジか」

白河《しらかわ》は、いつの間にか眠り込んでしまったようだった。

まだ布団も敷いてもらってないのに。

というか、ここは僕の部屋なのに。

「灰瀬《はいせ》様、あとはお任せください」

「わっ」

御空《みそら》さんが、いつの間にか部屋のドアのところにいた。

旅館の中でも、きちんとしたスーツ姿のままだ。

風呂に入って、少しはくつろげばいいのに……。

「では、失礼します」

「って、ここに布団敷くのか!?」

「早くお嬢様を布団に寝かせたいので」

御空さんは仲居さんのように、テキパキと布団を敷いていく。

それから白河を軽々と抱き上げ、布団に寝かせ、きちんと掛け布団もかけてやった。

「寝顔、撮りますか？　お二人で寝ているところを私が撮影してもいいですが」

「なんのためにだよ」

許嫁《いいなずけ》なら俺の横で寝てるよ、とかやるのか？

紅坂《べにさか》にでも写真を送ったら面白そうだが、本気で命が惜しい。

「けど、いきなり電源が落ちたみたいに寝たな。仮にも男がそばにいるのに」

「お嬢様も楽しかったのでしょう。楽しみすぎてお疲れになったのだと思います」

「まあ、楽しんではいたな。白河はどこにいても笑ってるよな」

今日だけでスマホのストレージが埋まったのではと思うくらい、写真や動画を撮りまくっていた。

放送部の企画じゃないけど、まさか僕が編集するのか……？

「お嬢様はこの数年、関東どころか神奈川《かながわ》――いえ、横浜《よこはま》市から出たこともありませんでしたから」

「まあ、外出しづらいご時世だったからなあ。でも、横浜からも……？」

そんなに遊び歩くタイプでない僕でも、たまに横浜から出ることくらいはあった。

「お嬢様はどこにでも出歩けるわけではないのですよ」

「ふーん、セキュリティ的な問題とか？　上流階級も大変なんだな」

僕は、座椅子を引き寄せてそこに座り、スマホを取り上げる。

「この前の鎌倉《かまくら》サイクリングも、御空《みそら》さん、ずっとついてきてたもんな」

「……別に、灰瀬《はいせ》様にバレてもかまわなかったんですよ」

僕がスマホに表示された地味な白いワゴン車──

運転席にいるスーツ姿の女性の写真を見せても、御空さんは動じていなかった。

「最近のカメラは小型でも高解像度ですから。どこかに映り込むとは思っていました」

「ずいぶん過保護なんだな。わざわざ地味なワゴンに乗り換えて追ってくるなんて」

僕も、ずっと白河《しらかわ》のお尻ばかり見ていたわけじゃない。

後方の安全確認くらいは、何度もやっていたはずだ。

僕の視界と同じ位置に取り付けたカメラが、何度となく後方数十メートルのところをついてきてたワゴン車を映すのは当然のことだ。

リアルタイムでは気づかなくても、編集のために映像をじっと観《み》ていれば嫌でも気づく。

「それとも、過保護にしてもお釣りが来るくらい高給をもらってるとか？」

「シビアな考え方ですね。いいえ、お給料はいいですが、お金のためだけではありません。お嬢様は可愛《かわい》いですから」

「下手《へた》すると、白河のほうが御空さんより年上に見えるかも」

「私には、お嬢様は小さい女の子ですよ。これまでも、これからもずっと」

御空さんは、少し乱れていた白河の髪を手で撫《な》でるようにして整えている。

彼女のお嬢様を見る目は優しげで、確かに金目当てとは思えない。

「つまり、採算度外視で見張るくらい、お嬢様が大事だってことか？」

「……つきまとわれて、灰瀬様が不愉快に感じられることはわかります」

「確かに、愉快ではないな」

鎌倉サイクリングも京都《きょうと》旅行も、別にデートではないが――

常に監視されていては面白いはずがない。

「そりゃ、御空さんもやりたくてやってるわけじゃないだろうけど……」

「当たり前ですよ！　誰が監視みたいなマネを好きこのんで――！」

「………っ」

クールな御空さんが大声を……。

こんな感情を剥《む》き出《だ》しにすることもあるのか。

「……失礼しました。ですが、お嬢様は――」

「………？」

「お嬢様には自由でいてほしい。お嬢様の望むことはすべて叶《かな》えて差し上げたい。ですが、私にできることは限られているんです。灰瀬様にお話しできることも」

「そんなもったいぶられたら――」

「ああ、一つだけ。お嬢様は弁解されないと思うので、私から」

「え?」

「お嬢様は、普段はあれほど食事を召し上がりません。むしろ小鳥のような食事量です」

「小鳥……?」

「甘い物がお好きなのに必死で控えています。たまにコッソリ食べているみたいですが、それも可愛《かわい》いものです」

「……最初に白河《しらかわ》家に行ったとき、プリンを家で食べるのが珍しいみたいだった」

「あなたといるときは、ハシャいでおられるのです。あなたの前では、大好きなスイーツを嬉《うれ》しそうに食べている顔を見せたいのでしょう」

「…………」

別に変なことだとは思わなかった。

白河がスイーツを食べすぎるので、親が虫歯でも心配しているのだろうと——

いや、そんなことすら僕は考えていなかった。

親が子供のおやつを制限するのは、特に珍しいことでもないから。

ただ、不思議なことはある。いくつも、ある——

「白河」

僕は白河が眠る布団の横に座る。

すーすーと小さな寝息を立て、眠っている彼女は悔しいけれど天使のように可愛い。

だが、しかし――

「白河ヨルハ！」

「は、灰瀬《はいせ》様⁉」

僕は大声で彼女に呼びかける。

もちろん、呼んでいるのは白河白亜《はくあ》ではなくヨルハのほうだ。

「おまえは白河を守ってるんじゃないのか！」

「な、なにを言って――」

御空《みそら》さんが屈《かが》んで僕の肩を掴《つか》んできたが、知ったことじゃない。

「だったら聞こえてるはずだ！　起きないのなら――キスだけじゃ済まないぞ！」

「なにを言ってるんですか、灰瀬様！　なにをする気だ、灰瀬譲《ゆずる》！」

「僕の声なら、ヨルハが眠っていたって目を覚ますだろ！」


「本当におまえの声はうるさいな、ハイセ」


「……お出ましだな」

「ふぁ……ぼくが出てきたからって眠気が消えるわけじゃないんだ。まったく、ハクアは後先考えずにハシャぐから、身体《からだ》がすっかりお疲れだ」

音もなく起き上がった白河《しらかわ》が——ヨルハがぐっと伸びをしている。

「さっきは〝出る〟のを我慢したのに。ぼくに訊《き》きたいことがあるようだが、ハイセももう気づいてるんじゃないのか？」

「誰もはっきり言ってくれないなら、言いそうなヤツに訊くしかない」

さっき、というのは僕が白河を押し倒したときのことか。

「ふん、口が軽いみたいに言われるのは心外だな。だが、そうだな——ここ、庭園くらいあるんだろう、ミソラ？」

ヨルハの質問に、御空《みそら》さんが黙って頷《うなず》く。

やはり、御空さんもヨルハを知っていたみたいで少しも驚いていない。

「じゃあ、眠気覚ましに夜の散歩といこうか、許嫁《いいなずけ》くん」

「風情《ふぜい》があっていいな、許嫁さん」

京都《きょうと》の中心部近くにあるこの旅館は、白河家とゆかりがあるらしい。

そもそも、白河家は元々、京都がルーツだとか。いかにもお金持ちっぽい話だ。

確か、お祖母様《ばあさま》も京都のご出身で、戦乱の時代を生きてたんだっけ。

その旅館の薄暗い庭園を、僕と白河は——ヨルハは並んで歩いて行く。

「ハイセ、ミソラにあまり意地悪なことを言うな。彼女はただ、ハクアを妹のように可愛《かわい》がってるだけなんだ」

「趣味と実益を兼ねたいい仕事だな」

「おまえ、素直じゃない物言いばかりだな、ハイセ」

もしかすると、御空さんは無料奉仕でも白河の面倒を見たいくらいかもしれない。

そこまで白河に思い入れがあるのはなぜだろうか……。

「まあ、ハクアはハイセのそういう素直じゃないところが気に入ってるのかもな。十人の許嫁どもはハクアの前では最初はいい顔をしようとしたが、ハイセはずっと悪い顔をしようとしてる」

「顔が悪くて悪かったな」

これも素直じゃない物言いなのは承知してる。

「はっきり言って、僕は白河との結婚は少しも考えてないぞ」

「ハクアはおまえとの結婚を考え始めてるぞ」

「いきなり切り返してくるなあ……」

あまりにも衝撃発言すぎる。

「何度も言うけど、僕は中二で、白河だってあの見た目でも中二だろ。結婚なんて二〇年先でも決しておかしくない」

「二〇年か……」

ふう、とヨルハはため息をついた。

旅館の庭園には池があり、ちょっとした木造の橋までかかってる。

ヨルハはその橋を歩き、朱塗りの欄干《らんかん》に片手をついた。

「だったら、ぼくの口から一つだけはっきり教えてやろう」

「……なにを？」

「ハイセ、おまえも薄々感づいてるだろう。散々もったいぶって悪かったな。ハクアにはできないことをやる――それが、たった一つのぼくの存在理由だ」

ヨルハは欄干に両手をつき、僕のほうを向いてかすかに笑った。

ここで引き返すこともできるかもしれない――けど、僕は悪魔に魅入られたように動けない。

ヨルハは笑みを浮かべたまま――

「ハクアには二〇年も時間がない」

一瞬、なにを言われたのかと思って――

直後に、頭の中で次々とピースが繋《つな》がっていく。

そうだ、僕は薄々――いや、ほとんど気づいていた。

だからさっき、白河《しらかわ》ヨルハに呼びかけたのだ。

真実をはっきりと言葉にして、誰かの口から聞くために。

思い返せばキリがないほど、ヒントはあった――

白河白亜《はくあ》は、コンビニでの買い食いすら禁止されるほど過保護にされている。

僕が転校した直後に三日も休んでいたし、鎌倉《かまくら》サイクリングのあとも平気そうではあったが学校には来なかった。

真白《ましろ》ちゃんも紅坂《べにさか》も、それに御空《みそら》さんも白河を過剰なほど気に懸《か》けているし――

白河は食生活もメチャクチャなようで、思い返せばまるで〝食べられるときに食べている〟ようにも思える。

それに、いつも着けているアップルウォッチも――妙に気にしているようだった。

連絡の通知かと思っていたが、別のデータを見ていたのでは……？

それになにより、あの胸の傷痕《きずあと》――

「……心臓か？」

「もうあちこち悪くなってはいるが、心臓だ」

「手術をしたっていうのは……」

「特に悪かった部分を手術した、ということだ。ハクアが五歳の頃の話だ。それでもすべてが快復したわけじゃない」

そうだ、白河《しらかわ》は僕に心臓の音を聞かせていた。

胸の柔らかさにばかり気を取られてしまったが、白河は別のことを僕に知ってもらいたかったのではないか？

「やはり、ハイセも少しは察していたようだな」

「いろいろ思い当たることは……そうだ、この前、白河の家に行ったとき」

僕は、白河の勉強部屋に入る前に、寝室を覗《のぞ》いてしまった。

大きなベッドに、白いシーツに掛け布団。

壁も床も真っ白で、物がほとんどなくて。

「白河の寝室は――まるで病室みたいだった」

「ハクアは病室なんて大嫌いだが、入院が長かったせいか、ああいう部屋が落ち着くようになってしまったらしい」

ヨルハは、少し困ったように笑う。

「ああ、一つだけのつもりがつい話しすぎた。ぼくはいつも余計なことをしすぎる」

「待て、それだけで済まされちゃ困る」

「これはハクアが言うべきことだ。だが、なにもかも急ぎすぎるハクアでも言えないことはある。嘘《うそ》が嫌いでも、言えないことがある。だから、ぼくが言わなきゃならない」

「ヨルハ、おまえは……」

「ぼくはハクアの身と心を守るために彼女の中にいる。猛スピードで進んでしまうハクアには、彼女を守る存在が必要なんだ。ぼくがいなければハクアは傷だらけになってしまう」

ヨルハは——そのために生まれた人格ってことか……？

白河白亜《はくあ》の急ぎすぎる人生で、思わぬ事故から彼女を守るために——

あるいは白河自身にはできないことを代わりに実行するために、ヨルハは存在する……。

たぶん白河には、僕に身体《からだ》の秘密を明かすことはできないだろう。

それを明かせば、自分も僕も傷つくことになる——だから、白河にはきっとできない。

「でも、ハクアの人生はあくまでハクアが生きるべきだろう。本当は、ぼくが出しゃばるのは正しいことじゃない」

「……おまえが出てこなかったら、心臓の話は——聞けなかったかもしれない」

「ハクアがためらってためらって、言えなかったことだ。だから代わりにぼくが話した。おまえになにも話さず、これ以上振り回すことも正しくないからだ」

「そんなの……正しいかどうかなんて、簡単に言えることじゃない」

ヨルハから事実を聞き出そうとしたことこそが、正しくなかったかもしれない。

でも僕は、不思議なほど白河白亜の秘密を知ったことを後悔していない。

知っても死ぬわけじゃないから？

いいや、これは知ってしまったら、こっちが死にたくなるほど絶望的な話だ――

「そんな顔をするな、ハイセ」

「………………」

「ぼくの役割はここまでだ。ハクアがおまえを気に入ってるように、ぼくもおまえが嫌いじゃない。だから、ここから先はおまえに任せる」

「あ、おいっ……！」

ふっ――と、一瞬白河《しらかわ》の姿が二重に見えたような。

「は……はくしゅっ！」

かと思えば、白河がいきなり派手にくしゃみをした。

同時に、張り詰めていた空気がふわっと緩《ゆる》んだような――

「ううっ、寒《さむ》っ……さすがにまだ夜は冷えるね。おとなしく寝とけばよかったー」

「……白河」

僕は着ていた半纏《はんてん》を脱いで、白河の後ろに回って彼女の肩に掛けてやる。

白河も半纏を着ているが、五月の京都《きょうと》、それも夜風はこたえるだろう。

「ありがと。けど、灰瀬《はいせ》が寒いんじゃない？」

「死にはしないよ」

白河におかしなところは見られない。

真白《ましろ》ちゃんが言ったとおり、ヨルハが表に出ていたときの記憶が調整されて、白河にも矛盾はないらしい。

自分が僕を夜の庭に誘ったと思い込んでいるのか。

「なあ、白河」

「ん？」

「あと六年もないのか……？」

「正確にはわかんないよ。二〇歳まで生きられない、っていうのは決まり文句だから」

「…………？　なんで知ってるのか、じゃないのか？」

まずはそこが気になるだろう、普通は。

間を置かずに切り返されるとは思わなかった。

こんな話、白河の周りでも知ってる人間は限られてるんじゃないか？

「そんなこと疑ってる暇はないんだよ、わたしは。残り時間のこと知ってる人間は、ほんの少し。みんな、わたしが信じてる人たちばかり。その誰かが話したのならそうする理由があったんだろうし――誰であっても許す」

「……白河は、神対応と塩対応の差が激しいな」

「わたしには、誰にでも優しくしてる時間もないからね」

白河は、くすくすと笑っている。

なんで笑えるんだろう――？

だが、だったら僕も誰から聞いたかなんて話すことはできない。

「灰瀬《はいせ》、どこまで聞いたの？」

「二〇歳まで生きられるかってことと……手術で完治したわけじゃないって話だけ」

「え？　そんだけ？　おいおい、全部話しとけよ！　あらためてわたしが説明しなきゃいけないじゃん！　誰だよ、灰瀬に教えたの！」

「疑ってる暇はないんじゃなかったか!?」

言ってることがくるんくるんひっくり返りすぎてる！

「冗談だよ。要するに――わたしの心臓には先天的な疾患がある」

「…………」

「生まれてすぐに判明して、五歳で手術したあとは大きな異常も現れなかったから、様子見をしてたんだけど――四年くらい前に異常が起きて、倒れちゃったんだよね」

「だから、芸能界から引退した……？」

「わたしは続けてもよかったんだけど。人気も出てきて、パパとママ、真白《ましろ》も御空《みそら》も喜んでくれてたし。わたしも、ひっそり消えていくようなタマじゃないからさ」

あのとき、白河《しらかわ》が芸能活動を黒歴史みたいに言ってたのは――

照れ隠しか、それともそれこそ演技だったのか。

もしかすると、白河が芸能界にいたのは、ただの成り行きじゃなくて――？

「あはは、生きた証《あかし》でも残したかったのかなあ」

「……子供だったんだろ？」

そこまで思い詰めたことを考えるだろうか？

「病気がちの子供ってね、大人びちゃうんだよ。病院通いが日常で、周りにいつも大人がたくさんいるからかな」

「…………」

病院にいるのが当たり前の状況なら、医者や看護師たちと接していくことになる。

その環境では、子供のままではいられなかった――

「生きた証っていうと大げさだけどさ。ま、要するに承認欲求モンスターだったなあ」

白河は橋を渡ると、庭園灯のそばにあったベンチに座った。

僕はなぜか並んで座る気になれず、彼女の前に立つ。

「あ、今も承認欲求モンスターか。放送部に入ったのも、芸能活動の代わりになることをやりたかっただけかも」

「……ずいぶんローカルな人気者にはなってるじゃないか」

「わたしには、それで充分だったのかも」

白河は、またくすくすと笑う。

上品で慎《つつ》ましい、お嬢様ならではの笑みだ。

「放送部の企画くらいなら、身体《からだ》への負担もたいしたことないからね。映画の撮影って、運動部みたいにハードなんだよ。わたしには無理があったかも」

白河《しらかわ》は、自分の心臓のあたりを押さえ、愛《いと》しそうに撫《な》でている。

「両親は手術で心臓は治ったたって言ってたけど、なにか身体に違和感はあってさ。自分の身体のことは自分が一番わかってるっていうのはガチかも」

「……もしかして、真白《ましろ》ちゃんが跡取りっていうのも？」

「真白には、心臓の異常は遺伝しなかったみたい。ホントによかった。母方からの遺伝らしいけど、症状が発生する確率は三〇パーセント程度なんだって」

「三割……」

決して低い確率とは言えない。

真白ちゃんが祖母と別邸で暮らしているのは——

隔離されているのではなく、祖母から跡取りとしての教育を受けているということか。

真白ちゃんは遺伝していなくて本当によかったが……。

「サイクリングとか旅行とか……大丈夫なのか？」

「軽い運動程度なら、問題ないって。むしろ、お医者さんも多少の運動は推奨してるよ。もちろん、日常生活には支障ないし」

「それなら……普通の中学生と変わらないじゃないか」

僕がそう言うと、白河は小さく首を横に振った。

「ただ、健康管理は厳しくてさ。糖分も塩分も控えてるし、アップルウォッチは心臓の異常を感知するために着けてんだよね。可愛《かわい》いバンドを探して買いまくってるよ」

「便利だしな。僕も一つほしいよ」

「わたしの予備、今度一つあげるよ。LINEの着信もすぐにわかるし、これで既読スルーの言い訳はできないね」

「許嫁《いいなずけ》の束縛が酷《ひど》い」

白河は、またくすりと笑って――

「たまにね、異常が出ることもあって。だいたい、どうってことないんだけど」

「なるほど……」

以前、白河が突然帰ってしまったことがあった。

彼女の身体は、かすかな異常も見逃してはならない状態だということ――

「許嫁の中で、ここまで教えたのは灰瀬《はいせ》が初めてだよ。前の十人の許嫁に教えたのは、わたしが身体が弱いってことくらいかな」

「なんで僕だけ？　全員に教えておかないと、無理に白河に迫るようなバカもいたんじゃないか？　そんな人たちだって、白河に危険があると知ってて無理矢理《むりやり》には――」

「できる限り、わたしの身体《からだ》のことは人に知られたくなくて。可哀想《かわいそう》な女だなんて思われたくないから。許嫁《いいなずけ》の前では清楚《せいそ》なお嬢様、危険が起きたら塩対応って感じだったよ」

白河白亜《しらかわはくあ》は演技派――青龍《せいりゅう》さんが白河をつかみ所がないように感じたのはそのせいか。

「けど、相手を怒らせるかもしれないし、リスクと引き換えだろ、それって……」

白河は、男の欲望を少し甘く見てるんじゃないか。

「いや、そうか……御空《みそら》さんがいつもついてるのか」

ちらり、と僕は周囲を見渡す。

あらためて確認するまでもなく、御空さんは視界のどこかに潜んでいるんだろう。

それになにより――ヨルハがいる。

もしも白河になにか危険があれば、すぐに彼女が現れる。

「どうせ長くない人生なら楽しみたい。わたし、まだ中学生なんだよ？　やっておきたいことはたくさんあるから」

白河は、ぱっと両手を広げる。

その手に抱えきれないくらい、やりたいことがある――そんなの当たり前のことだ。

「お出かけもしたいし、甘い物だっていっぱい食べたい。楽しんでるときに気を遣われたら最悪だよ。可哀想だなんて思われたら、鬱陶《うっとう》しいじゃん」

「僕にも……なんとも思うなっていうのは無理な話だよ」

「甘やかすのは全然オッケーだよ。灰瀬《はいせ》こそ塩対応だからね。もうちょっと甘い顔を見せて、わたしをつけあがらせるくらいじゃないと」

「……病弱を上手《うま》いこと利用するな」

いくら冗談めかしても、この話を軽く受け止めるなんてできるわけがない。

「でも、六年あるからね。十八歳ならあと四年。結婚はできるんだよ」

「六年……四年……」

実際、二〇歳まで生きられるかどうかっていうのは決まり文句だろう。

いくら医学が進んでいても、余命なんてどの程度あるかわかったものじゃない。

余命？　冗談じゃない、そんなもの考えたくもない……。

「ちなみに結婚式だって挙げられるよ。十八歳の若さでもわたしにはお金があるからね」

白河はベンチから離れると、庭園灯の前に立つ。

まぶしい光を後ろから浴びている白河は、まるで後光が差しているみたいだ。

「結婚式は、わたしにとって人生最大で最後のイベントになるんじゃないかな」

「最後……」

なぜ、そんなあっけらかんと言えるんだ？

「だから、わたしには大事なんだよ。その日、初めてのキスで将来を誓うってロマンチックじゃない？」

「それで、キスはダメって……」

「キス以外ならいいけど？　もっかい、おっぱい触っとく？」

「この前、触ったのは心臓だろ」

キスしなければなんでもオッケーだとでも？

そんな誘惑に乗っかれるわけがない。

キス以外を許す理由がそんなことなら……僕はまるで白河《しらかわ》に欲望を感じない。

「は……はくしゅっ！」

「あ……」

また白河が派手なくしゃみをした。

半纏《はんてん》二枚重ねでも、寒さを防ぎきれないらしい。

「白河、もう部屋に戻ろう……」

「そうだね、タイムリミットだ。なんにでも時間制限はあるんだよね」

「そう……だな」

本当に、白河白亜《はくあ》は人生最大のイベントを迎えることができるのか。

タイムリミットは誰にでもある。

実際に時間があとどれくらい残されているのか——それは神のみぞ知るのだろう。

12　私は猛スピードの恋で愛に辿《たど》り着《つ》きたい

京都《きょうと》駅から新横浜《しんよこはま》駅まで新幹線で百十二分。

そこからさらにJRで十二分。

僕らはなつかしき、一日ぶりの横浜駅に到着した。

「うーんっ……けっこう時間かかったね」

「二時間も電車に乗ることってあまりないからな。身体《からだ》がバキバキだ」

横浜駅に着いて電車から降りると、白河はぐっと大きく伸びをした。

僕もゴキゴキと首を曲げて、凝り固まった身体をほぐす。

見慣れた横浜駅の光景を見て、ほっとする。

たった一日で、ホームシックなんてないだろうが、我が家が一番ってことかな。

まだ我が家に帰り着いてないが。

「でも僕らだけ新幹線で帰ってきて、御空《みそら》さんに悪いような……」

「新幹線のほうが早いから。今回は、早く帰りたい気分だったんだよ」

そういう理由で、僕と白河は新幹線で帰ってきて、御空さんは一人でドライブして帰ってきている。

まあ、御空《みそら》さんもこっそり新幹線に同乗してた可能性も高い。

いや、ほぼ確実に今も僕らの近くにいるだろう。

「今なら、午前中の授業にも間に合っちゃいそうだね。灰瀬《はいせ》はどうするの？」

白河《しらかわ》は学校の制服姿だ。

旅行帰りに学校に直行する可能性も考えて、御空さんが抜かりなく用意していたらしい。

「僕は制服ないし……一度家に帰ってから、また学校行くのはダルいな」

「そりゃそっか。さすがに御空も灰瀬の制服まで用意してなかったもんね」

「そこまで用意周到だったら、親切というより怖いな」

御空さん、既にちょっと怖いけどな。

「え、でも白河は学校行くのか？」

「前にも言ったじゃん、あんまり休むとみんなが寂しがるからって」

「……そうですか」

人気者の白河さんなので、あながちデタラメでもないからツッコミにくい。

「家に一度戻ると、午後の授業にも間に合うかどうか。僕はたぶん行かないな」

「いいご身分だね、灰瀬」

「僕もお坊ちゃんらしいからな」

「そういえば、そうだった。じゃあ——バイバイ、灰瀬」

白河は小さく手を振ると、歩き出した。

平日、昼近くの横浜駅《よこはま》はどこも人だらけだ。

長身で制服姿の白河は目立つけれど、改札の向こうに消えた彼女の姿はすぐに人ごみに紛れてしまう。

白河は、一度も振り向かなかった。

「……学校行くなら、白河は改札出ないほうが早かったな」

たぶん、白河は学校に行きたいわけじゃないだろう。

新幹線の中でも、珍しくほとんどしゃべらなかった。

眠っているようだったが、あれは本当に寝ていたのかどうか。

青龍《せいりゅう》さんが言うように白河が演技派なのか、僕にはわからない。

だけど、少なくとも今日の白河が僕とあまり話したくないのは確かだろう。

新幹線で帰ってきたのも、狭い車の中で何時間も僕といたくなかったからかも。

昨夜のあの話――白河はなにもかも話したことを後悔しているようにも見える。

だったら、今は少し距離を置くのが正しい選択なんだろう――

「ゆっくり帰るか……」

登校しないなら、急いで帰る必要もない。

とはいえ、ウチのタワマンはこの駅から近いので、急がなくてもすぐに着いてしまった。

一応、「ただいま」と声をかけて入ったが、当然ながら母は出勤している。

お土産《みやげ》の生八ツ橋とパリパリの八ツ橋と阿闍梨《あじゃり》餅と宇治抹茶《うじまっちゃ》のバームクーヘンをリビングのテーブルに置く。

お土産買いすぎだろ、僕。

自室に入り、着替えようとして――

なんとなく制服のシャツを手に取った。

今からだと午後の授業も間違いなく遅刻だが、終わるまでに間に合わなくもない。

「ん？」

悩んでいると、スマホが二度振動して、ＬＩＮＥが届いた。

メッセージはなく、写真が二枚。

送り主は白河《しらかわ》だ。

学校に到着したっていう報告だろうか。

「あ……」

僕はＬＩＮＥに送られた写真を見て――

次の瞬間には手早く制服を着て、部屋を飛び出していた。

マンションの長い廊下を走り抜け、エレベーターのスイッチを無意味に連打する。

「なにをしてるんだよ、あいつは……！」

送られてきた写真は――学校の屋上にいる白河白亜《はくあ》。

屋上を取り囲むフェンスにもたれて、自撮りしている彼女の姿だった。

あのフェンスには重大な欠点がある。

フェンスの上に有刺鉄線はないし、高圧電流も流れていない。

誰かがその気になれば、乗り越えることは決して不可能じゃない。

まさか、そんなことはあり得ない、、、、、、――と思う。

でも、自撮り写真に写っていた白河の目には――


「白河！」

真道《しんどう》学院中等部、校舎の屋上。

以前、昼休みに抜け出した経験があるおかげで裏口から学校に入って、教師に見つからずにここまで来るのは難しくなかった。

ドアを勢いよく開けて屋上に出ると。

「えっ……は、灰瀬《はいせ》……？」

フェンス際にいた白河が目を大きく見開いて驚いていた。

「白河」

「わっ……！」

僕はそのままフェンスのところまで行き、白河《しらかわ》の細すぎる身体《からだ》を抱きしめる。

白河がいた――白河がいてくれた。

「……白河のほうが背が高いから、不格好に見えそうだな」

「あのぉ……見た目のことより、いきなり抱きつかれたことが気になるんですが？」

「ごめん」

「いえ、いいんですけど……どうしたの、灰瀬《はいせ》？」

白河は恥ずかしそうに敬語まじりで言って、僕の頭にぽんと手を置いてきた。

まるで子供があやされてるみたいだが、文句は言うまい。

「きゃっ」

「ちゃんと心臓の音、聞こえるな……」

僕は白河の胸元に耳をつけ、耳を澄ませる。

「ちょっと許したら遠慮ないなあ。今のところまだ……止まる予定はないよ」

「本当に悪い。白河の心臓が脈打ってることを確かめたくて――」

「ちょっと猟奇的な発言だよ、灰瀬」

白河のもっともな発言に僕はわずかに苦笑いして、彼女から少し離れる。

「というか、そんな息切らして来たの、わたしの心臓を確かめるため？」

「屋上で泣いてる女の子がいたら、そりゃダッシュもするだろ……」

「…………っ」

白河は、不思議そうに僕を見てる。

僕はズボンのポケットの上から、なんとなくスマホに触れた。

白河のスマホから送られてきた写真の一枚目は――

屋上のフェンスにもたれて、泣いている白河白亜《はくあ》の写真。

その大きな瞳から、一筋の涙がこぼれていて。


なんだか、その姿は今にも消えてしまいそうに見えた――


考えすぎだろうと思った。

いくらなんでも白河がそんなことをするなんてあり得ないとは思った。

自分でもどうして白河が屋上から――なんて想像してしまったのか不思議でならない。

たぶん、白河の泣いている自撮りは、白河じゃなくてヨルハが撮ったものだろう。

ヨルハが僕に送ってきたのは、白河を止めてくれという意味かもしれないと思った。

いや、そこまで考えてなかったかも。

僕はただ、泣いている白河白亜のもとに駆けつけてやりたかったんだ――

「わたしが屋上のフェンスを乗り越えるとでも思った？」

「……ごめん」

「まあ、わたしみたいな立場だとそういうこともあるからね」

白河《しらかわ》は、困ったような笑みを浮かべる。

「普通に考えたら、残り少ない時間をわざわざ減らす必要ある？　って思うだろうけど、あるんだよね。痛いとか苦しいとかなくても——先に心が辛くなっちゃうものだから」

「……白河、辛いのか？」

なにを訊《き》いてるんだろう、僕は？

「辛くないって言ったって信じないでしょ？」

白河は、フェンスにもたれて背後の金網をぎゅっと掴《つか》む。

「このフェンスを乗り越えることなんてない。けど、ここから先には行けないね。行き止まりだ」

「戻ればいいだけの話だろ……？」

「たまに泣きたくなることはあるよ。でも灰瀬《はいせ》、ずいぶん鋭いね。わたしがここにいて、なにをしてるか——なんで気づいたの？」

「まあ……僕もたまに冴《さ》えることはあるんだよ」

ヨルハからの写真のおかげ、ということは黙っておこう。

まだ白河にヨルハの存在を気づかせていいのか、判断がつかない。

少なくとも、ヨルハは自分のことを白亜《はくあ》に伝えるつもりはなさそうだ。

ヨルハの意図はわからないし、ヨルハが何者なのかすら未《いま》だに謎すぎるけれど。

わからないことばかりでも、僕がここに来たことは間違いじゃない――

「怪しいけど、まあいいか。でもわたし、今は灰瀬と顔合わせたくなかったんだけど？」

「はっきり言うなあ。僕は白河と会いたかったんだ」

「うっ……そ、そっちこそはっきり言いすぎ……」

白河は、かぁっと真っ赤《まか》になっている。

胸を触らせたりして大胆かと思えば、このくらいで恥ずかしがるなんて。

相変わらず、白河は情緒不安定だ。

「僕もたまに素直になることはあるんだよ。はっきりと、この声で聞かせるよ」

「そっか……ねえ、知ってる、灰瀬？」

「え？」

「人間って最後まで聴覚は残ってるんだって。目が見えなくなって、身体《からだ》の感覚がなくなっても、音だけは聞こえてくる。わたしはさ、最後の瞬間まで誰かの心地《ここち》いい声を聞いていたい」

「知ってるよ。僕も死にかけてたとき聞こえてた。知らない女の子の声が」

「え？」

僕はスマホの写真アプリを立ち上げて、さっき届いた写真を表示させる。

ヨルハが送ってきた二枚目の写真だ――

「あ……なんでこれ、灰瀬《はいせ》が……？」

「君の近くには裏切り者がいるらしい」

ＬＩＮＥのトーク画面ではなく、わざわざスマホにダウンロードした写真を表示したのは――送り主が白河《しらかわ》自身であることを隠すためだ。

ヨルハは僕に写真を送ってから、〝送信削除〟で消したんだろう。

だから白河は、自分のスマホからヨルハが送ったメッセージや写真に気づけない。

あいつ、いろいろと暗躍してくれるなあ。

「わたしのスマホに入ってる写真だけど……」

写真に写っているのは、小学生の少年と少女。

二人の名前は、灰瀬譲《ゆずる》と白河白亜《はくあ》。

「僕、この写真を撮ったときの記憶がないんだよな」

「……あの頃、灰瀬はまだ意識が混乱してたってあとで知ったよ」

ベッドに寝ている、弱々しい笑みを浮かべた少年はまぎれもなく僕だ。

その横で僕に顔を寄せて、笑顔でピースしている少女は――白河白亜。

二人ともまだ小学生――四年前、まだ十歳だ。

「勝手に撮ったんじゃないよ。灰瀬が意識戻った記念に撮ってって言い出したんだよ」

「……白河は元気そうだな」

「わたしは倒れたけど、すぐに快復したから。でも、パパたちが念のためにってなかなか退院させてくれなかったんだよね」

「そこに、事故に遭った僕が担ぎ込まれてきたわけか……」

白河の従姉《いとこ》の車にはねられ、病院に白河白亜がいて――偶然というか奇跡的というか。

「同い年の子が入院してて、その子を車ではねたのがわたしの従姉で――気になるじゃん？」

「そりゃそうだろうな……」

「だから、お医者さんの許可ももらってたまに様子を見に行ってたんだよ。話しかけたら目を覚ますかもって言われたし」

「なるほどな……」

先日見た夢は、夢じゃなくて僕がうつろな意識で見てた現実だったのか。

「白河もいい声だったな。寝ぼけてた頭にもよく聞こえてたよ」

「あれ、覚えてるの、覚えてないの？　わたし、不安だったんだから。この子、このまま死んじゃうんじゃないかって。わたしにはまだ六年――じゃない、あの頃は十年か。十年あるけど、この子は今すぐ死んじゃいそうで」

「残念ながら僕は図太いし、死の淵《ふち》からよみがえって余計に図太くなったよ」

「そうみたいだね。でも、わたしの声が聞こえてたのは嬉《うれ》しいな。めっちゃ必死にしゃべりかけてたから」

「その声が聞こえて、僕は戻ってこられたのかもしれない」

目覚めなかったら、僕は天使に天国に連れ去られるところだった。

白河《しらかわ》の祈りのような声が届いたおかげで――僕はここにいる。

「僕は、白河に借りがあったんだな」

「全然。灰瀬《はいせ》を殺しかけたのはわたしの従姉《いとこ》だよ。もし灰瀬を助けたのがわたしでも、恩に着せられることじゃないでしょ。惜しいことに」

「惜しいんかい」

ただでさえ振り回されてるのに、恩に着せられてたらどうなってたことか。

「あはは……あれ、なんの話だっけ？」

「……バイバイ、なんて言うな。一人で泣くな。一人で――どこかに行くな」

そうだ、僕はこれを白河に言うために全力で走って来たんだ。

「灰瀬、要求が多いなあ……」

白河は弱々しく笑って、フェンスから離れて僕の横に立つ。

「一人じゃないなら行ってもいい？　今回は西に行ったから、次は北に行こうか。一気に北海道《ほっかいどう》もアリだね」

「まだお土産《みやげ》の八ツ橋も家族に渡してないのに、白い恋人を買いに行くのか」

「白い恋人って、白亜《はくあ》ちゃんのことみたいだね」

「……白河は許嫁《いいなずけ》であって、恋人じゃない」

「わたしは、灰瀬のこと愛してるよ」

「……………………」

愛なんて言葉は、中学生には重すぎる。

現実味がない、恥ずかしいと言っても誰も否定しないだろう。

でも、白河白亜は違う。

中学生には重くて現実味がなくて恥ずかしい言葉を――大人になって言えるようになる保証がないのだ。

「僕も同じワードを言うべきか？」

「好き、なんて言わなくていい。愛してる、は笑っちゃうからやめてほしい」

「自分は言っておいて勝手だな……」

笑ってしまう、というのは理解できる感覚だ。

今、僕が笑わなかったのは、その言葉を発したのが白河白亜だからだ――

「どこにでも行けるよ、わたしは。割と勝手が許されてるんだよね。同級生の男の子と一緒に旅行いってもいいんだから」

「……期間限定の権限、か」

そんな答え合わせみたいなことを、やらないでほしい。

自分の鈍さが浮き彫りにされて、情けなくなってしまう。

もしも我が娘の残り時間が少なかったら、親としては好き勝手にもさせてやるだろう。

「嘘《うそ》みたいだよね」

白河《しらかわ》は、くすりと笑う。

「普段は元気で、往復四〇キロ走れるし、京都《きょうと》に弾丸旅行もできるのに。あと、たった六年——二〇歳でなんて」

「白河」

「二〇歳でおしまいなんて……！」

白河は笑顔を凍りつかせ、長い髪をばさりと振り乱すようにしてうつむいて——

「泣きたいに決まってるよ！　無理を言うな、灰瀬《はいせ》！」

「わっ……！」

突然、白河は弾《はじ》かれたように僕の胸ぐらを掴《つか》んで——フェンスに押しつけてくる。

頑丈なフェンスだとわかっていても、こんな勢いで押しつけられたら、怖すぎる。

「わたし、余命を宣告された四年前はまだ一〇歳だよ。それで、もうあと十年生きられるか――大人になれるかわからないなんて。ひどいよ、ひどすぎる！」

「う、うん」

頷《うなず》くことしかできない自分が、心底嫌になる。

「毎日がカウントダウンだよ。誰だってそうかもしれないけど、わたしは制限時間がわかってるんだよ。どうなってるんだよ、こんなの……二〇歳で死んじゃうなんて。まだまだやりたいこと、いっぱいあるのに。時間が足りない、全然早すぎる……」

白河は、僕をフェンスにさらに強く押しつけてくる。

まるで僕を突き落とそうとしているかのようだ。

「ニュースとかで有名人が六〇歳とか七〇歳で死んで、知り合いが〝早すぎる〟とかコメントしてるよね。あんなの、ふざけんなって思うよ。わたしなんて二〇歳だぞって。プラス五〇年も生きたなら上等だろって。こんな、見た目だけは二〇歳みたいに成長しちゃったのに、本当に二〇歳になる頃には死ぬなんて。治療も難しいんだってさ。そんなトドメみたいな話聞かされて……だったらいっそトドメを刺せ！」

キッ、と白河は僕を鬼のような目で睨《にら》んできた。

「同じ病気で、従姉《いとこ》は死んじゃった。あの人は突然だったけど、わたしはじわじわ首を絞められるみたいに死ぬことに怯《おび》えて……ガチでふざけんな。ふざけんな、ふざけんな……

ふざけんなっ！」

「白河《しらかわ》……」

こんなに叫んだら、校舎内にまで響くんじゃないか。

もしかしたら、誰かが屋上に駆けつけてくるんじゃないか。

でも——そうなったからって、どうだっていうんだ？

今、この世界には僕と白河白亜の二人しかいないんだよ。

「ねえ、灰瀬《はいせ》——」

「なんだよ」


「結婚なんてしたくないよ、灰瀬」

「…………」


白河はそこでようやく、僕を解放して——

その場にしゃがみ込んでしまう。

「許嫁《いいなずけ》ができて、猛スピードで恋をして。死ぬまでに少しでも楽しんでおこうなんて。そんなの、本当はイヤだ。死ぬの認めてるみたいじゃん」

白河はしゃがみ込み、顔を膝に埋《うず》めるようにしている。

「もっと普通に付き合って、こんな馬鹿みたいに人を振り回さずにさ。灰瀬《はいせ》が優しいからって、甘えちゃってる」

「僕は……優しくなんかない」

つまらない理由で、少しばかり思い切りがいいだけだ。

白河《しらかわ》のわがままに付き合えるのも、死ぬわけじゃないから——本当につまらない理由だ。

「わたし、帰ってきたくなかった」

「え……？」

「横浜《よこはま》に帰って、学校に行って、家に戻ったら——そのうち死んじゃう可哀想《かわいそう》な女の子になるんだよ」

白河の口から出ているのは、もう完全に涙声だった。

彼女が膝に顔を埋《うず》めているのは、泣き顔を見られないためか。

「なにより、自分で自分を可哀想だと思ってる。こんな惨めなことってないよ」

ぐすっと鼻をすする音がした。

すらりとした長身の白河白亜《はくあ》が、迷子みたいにしゃがみ込んで泣いている。

旅館の庭園で、悟ったように語っていた彼女とはまるで違う……。

「灰瀬とデートしたり鎌倉《かまくら》行ったり京都《きょうと》行ったりしてた白河白亜は、ただちょっとおかしな中学生で。灰瀬も『やれやれ』みたいな感じで付き合ってくれて。けど、帰ってきたらこんなところでみっともなく泣いてる。これが本当のわたしなんだよ、灰瀬……」

「……立ってくれ、白河」

「ダメだよ、立てない。わたし、こうなっちゃったら、もう立つこともできない……」

「いつも……僕は白河を見上げてた。病院のベッドでも、この屋上のベンチでも」

僕は一歩前に進んで、白河のすぐそばに立つ。

これ以上、白河に言わせちゃいけない。

しゃがみ込んだまま、涙を流させちゃいけない。

僕は死ぬわけじゃないなら、なんでもできるのが唯一の取り柄だろ――

嫌われてもいいから踏み込んで――これ以上、白河白亜の心《むね》に傷をつけさせるな。

「白河が急いだから、猛スピードで生きようとしたから、僕を許嫁《いいなずけ》に選んで、こうやって授業にも出ずに二人でいられるんだろ」

「……ただ、わたしが好き放題にしてるだけだよ」

白河は、まだ僕のほうを見ようともしてくれない。

「病気のことを知られたのは別にいい。どうせいつかはバレるんだし、嘘《うそ》もつかなくてよくなるから。でも、知られただけでわたしはこうなっちゃう。馬鹿みたいだよね」

「白河、自分を否定する必要なんかないだろ。好き放題に遊んで笑ってる白河も、ここで泣いてる白河も、どっちも君だ」

「そうだよ、こんなのがわたしだよ……泣き言をいって、まだ灰瀬《はいせ》に甘えようとしてる」

「でも、白河《しらかわ》と一緒だからどこに行っても楽しかった。こんなところで面倒くさく泣かれても、僕は逃げようとは思わない」

「面倒くさいって……はは、ひどいなあ」

「面倒くさいのは僕も同じだ。怒らないで聞いてほしいんだけど、僕は〝死ぬわけじゃないから〟と思えば、たいていのことはできるんだよ」

「死ぬわけじゃない……？」

そうだ、僕は交通事故に遭ったが回復して、もうすっかり元気だ。

今のところ死ぬ予定もないから――


「キスしよう、白亜《はくあ》」


「…………っ!?」

白河は、ようやくがばっと顔を上げてくれた。

まじまじと、僕を大きな――潤んだ瞳で見上げている。

「結婚してからでいい。四年後でも六年後でも、十八歳になってからでも二〇歳になってからでも――五〇歳でも百歳でもいい」

「……その頃には、わたしはいないよ」

「白亜とキスするまで、それくらいでも待てるってことだよ。僕は結婚式で誓いのキスをするなら、相手は白河白亜がいい」

「十八歳のときだって、わたしが灰瀬のそばにいるかはわかんないよ……？」

「いてくれ」

僕は白河に手を差し伸べ、彼女の手を掴《つか》んで立ち上がらせる。

「いついなくなるか――僕だってそんなのわからない。これも怒るか？」

「……そういえば、灰瀬も死にかけたことあったね」

「自慢じゃないが、たぶん僕のほうが白河よりあの世に近づいてたよ」

「でも、帰ってきた……わたしのおかげ？」

「そういうことにしてもいい。今度は、もし白河が勝手にどこかに消えようとしても――僕が呼び戻すよ」

「灰瀬の声、好き……」

白河は、またぐすっと鼻をすすりあげてつぶやいた。

「ホントにわたしと結婚するの、灰瀬？　まだ中二なのにそんな約束、していいの？」

「約束したって死にはしないさ」

「言いたいこと言うなあ……けど、それでいい。可哀想《かわいそう》だなんて言われるより、よっぽど嬉《うれ》しい。だから……しょうがない、結婚してあげるよ、灰瀬譲《はいせゆずる》くん」

白河《しらかわ》は、にこっと笑って――

僕も応えて、彼女に微笑《ほほえ》みかけた。

中学生同士の結婚の約束なんて、ママゴトじみている。

そんなことは承知しているが、中学生が結婚の約束をしてなにが悪いんだ？

「じゃ、どこで結婚式を挙げようか？　どこでもいいか？」

「世界一綺麗《きれい》な場所がいい」

「それって、どこだろう？」

「自分で探すことに意味があるんじゃないかな。旅して探してもいいし、ネットで探したっていい。探すことに、探す時間に、二人で探すことに意味があるんだよ」

「……ああ、〝婚前旅行〟して探そうか」

世界一綺麗な場所か。

あまりにも曖昧すぎて、どこを探せばいいのか見当もつかない。

天橋立《あまのはしだて》も綺麗だったし、鎌倉《かまくら》にだって綺麗な風景はいくらでもある。

いや、僕らが住んでいる横浜《よこはま》を探せば見つかるかもしれない。

僕は屋上からの景色に目を向け、白河も同じくそちらを見た。

「もう春も終わりだな」

「あっという間だね……」

「季節が変われば、また新しい場所も見つかるだろ」

「うん……」

白河は、まだ濡《ぬ》れていた頬《ほお》をぐっと手でぬぐって。

「あのさ、許嫁《いいなずけ》の灰瀬に一つお願いしていいかな?」

「なんだよ?」

白河は自分の胸に手を置いて、困ったように笑って。

「実はちょっと……胸が苦しくてさ。御空《みそら》、呼んでくれる?」

エピローグ

白河《しらかわ》家関係のとある総合病院は、大変に立派だった。

横浜《よこはま》駅や白河家からも近く、建物は高級ホテルのように大きく、新しくて清潔で、庶民が入るのは気が引けるレベルだ。

その病室の白いベッドに——白河白亜《はくあ》の姿があった。

「昔と立場が逆転してるね、灰瀬《はいせ》」

「なにを呑気《のんき》に……こっちが心臓止まるかと思ったよ」

「そしたら、一緒に入院できたのにね」

くすくす、と白河は本気で楽しそうな笑みを浮かべている。

数日前、京都《きようと》から帰ってきた日——

学校の屋上でいきなり苦しみ始めた白河は、駆けつけた御空《みそら》さんの手配ですぐに病院に担ぎ込まれた。

幸い発作は軽く、医師の処置で白河の容態《ようだい》はすぐに落ち着いた。

だが念のためということで、何日か入院して様子を見ることになったのだ。

「ここ、僕が入院してた病室だな。この個室っていくらするんだろう?」

「知らないほうがいいね」

「まったくだ」

入院着姿の白河はベッドの上で身体《からだ》を起こし、背中にふかふかした大きなクッションを当てている。

ベッド横の椅子に座る僕は、制服姿だ。

学校帰りに病院に寄って、白河とおしゃべりしているわけだ。

「はぁ、検査は慣れてるけど病院食がキツい……スイーツつかないんだよ？」

「そうだ、生八ツ橋は僕と紅坂《べにさか》と真白《ましろ》ちゃんでいただいたから。美味《おい》しかったよ」

「鬼畜なの、灰瀬？」

そう言われても、生八ツ橋は賞味期限が短いから仕方ない。

「横浜の病院なんだから、せめて家系《いえけい》ラーメンとかサンマーメンとか出してくれたらいいのに」

「ある意味スイーツよりダメだろ」

そんな病院、恐ろしくて入院できない。

「なあ、白河」

「はい、なに——って、白河ぁ!?」

白河は、大げさなくらい驚いている。

「一応、僕から白河《しらかわ》に言っておきたい」

「え、あれぇ？　この前やっと白亜《はくあ》って呼んでくれたのに……なんで元に戻るんだよ！」

「あれは気の迷いだ。恥ずかしいから、忘れてくれ」

「わたしの名前ってそんな恥ずかしいっけ……？」

本当に、この前の名前呼びはなにかの勢いが働いただけだ。

そんなことより――

「戦ってくれ、白河」

「……戦うって。頑張るのはお医者さんだよ」

「泣き言も本音も言ってくれ。わがままも言ってくれ。もし白河が倒れたら毎日でもお見舞いに行く。毎日声を聞かせに行く。でも、絶対にあきらめずに戦ってほしい。あきらめるには――早すぎる」

六年しかないとしても、それだけの時間があればなにかが変わるかもしれない。

あまりにもぼんやりとした希望だが、なにも考えずに残った時間を受け入れるなんて無しだ。

「わたしだって、あきらめてるわけじゃない……」

白河は、二度首を横に振った。

「いやでも急ぎたい気持ちは止められない。結婚を誓って式を挙げる場所を探すのも、待ってられない。白河白亜の恋は猛スピード、でも人生はもっと速く流れていくんだよ」

白河は自分の胸に手を当て、ぎゅっと握り締めてから。

「わたしは、大人になってからやるようなことをのんびり待ってる暇はないんだから」

「それでもいい。あきらめないでくれるなら、僕はできることを全部やっていくよ」

「灰瀬《はいせ》がお医者さんになって、わたしを治療してくれるとか？」

「ベタだな。でも、それも全然アリだ」

もしも本当に二〇歳までなら、全然間に合わないけれど……。

そこに少しでも可能性があるなら、僕が挑まない理由もない。

「ダメダメ、ナシだよ。勉強のために灰瀬と遊べなくなったら本末転倒だよ」

白河は苦笑して、手を顔の前でひらひらと振って――

「ハクアが受け入れるなら、ハイセの好きにしていい。でも、責任は取れ」

「…………」

「ん？　どうしたの、灰瀬？　急に黙っちゃって」

「いや……」

今のはヨルハか。

そうだ、残り時間と戦うなら僕も責任を負わなければならない。

死なないならなんでもしてやろう、なんて中途半端な気持ちではいられない。

命を懸《か》けて挑んでも、たぶん変えられない未来なのだから。

だったらせめて、自分のすべてくらい懸けないと。

僕と白河《しらかわ》の――白亜《はくあ》の未来は、まるで見通せない。

灰瀬《はいせ》譲《ゆずる》は、この声で彼女の最期を看取《みと》ることになるのか。

それとも、白亜が救われる未来を夢見てもいいのか。

なにもわからないけれど――

「早く治して学校に来てくれ、白亜。京都《きょうと》旅行の映像、勝手に僕が編集したから、部長の白河にチェックしてもらわないと」

「あれぇ、今度は白亜と苗字《みょうじ》呼びがまざってる!?」

「呼び方なんて、なんでもいいだろ。今さらだけど、白河もずっと〝灰瀬〟じゃないか」

「〝ハイセ〟って、なんかドイツの詩人みたいでいいじゃん。詩的だよ、詩的」

「ヘッセ？　文字数と〝セ〟しか合ってないだろ。僕も好きに呼ばせてもらうよ」

「ちぇっ。でもまあ、ちゃんとわたしの名前を呼んでくれるなら、いいんだけど」

「呼ぶよ、いつでも」

白亜に笑いかけて、僕は立ち上がる。

そう、ずっと呼び続ける。

でもそれは、病院のベッドで眠る白亜の手を握って、悲しく呼びかけるような、そんなシチュエーションじゃなくて。

二人で並んで、手を繋《つな》いで笑顔で互いの名前を呼び続けたい。

「そんな優しい灰瀬くんなら、わたしの無茶《むちゃ》ぶりにも応えてくれるかな？」

「無茶ぶり？」

「わたし、もうすぐ退院だけど、そのあとも一週間くらい静養するんだよね」

「ん？　そりゃそうだろ」

退院して学校に出てきたら、僕は間違いなく追い返すだろう。

「次の放送部の企画は『【耐久】許嫁《いいなずけ》を二十四時間介護してみた！』でどう？」

「……白河家に持って行くの、パジャマと歯ブラシだけでいいかな？」

たぶん白亜は本気だろう。

結局、白亜の猛スピードは止まりそうにない。

来《きた》るべき結婚生活の予習も兼ねて。

僕らは企画にかこつけて、未来を迎えるための準備をすることになりそうだ。

あとがき

はじめまして、あるいはお久しぶりです。鏡遊《かがみゆう》です。

だいぶお待たせしてしまいましたが、ようやく新作をお届けすることができました。

企画で山のようなボツを築き、企画が通ったあとも鬼のようなダメ出しを受けて改稿を重ね、屍《しかばね》の山を築かないと出てくれないんですよ、新作って。

そんなわけで、『僕らの春は稲妻のように』です。タイトルは、鏡遊的には珍しい感じになりました。ちょいエモ？　全体的にも、〝稲妻〟というワード的にもラノベではあまり無いかも。あえて意味などは語らず、いろいろ想像していただければ嬉《うれ》しいです！

タイトルはエモ系で、中身はラブコメ……？　今まで書いてきたラブコメとはだいぶ毛色が違うかもしれません。実名でいろいろ登場させているのも、過去作にはなかったですね。今作では、〝現実との地続き感〟がほしかったわけです。

ヒロインの白河白亜《しらかわはくあ》は欲望のままに生きてます。スイーツや旅行など、白亜が楽しんでいる姿を、灰瀬《はいせ》の目を通して体験していただく作品でもあります。

そこには、ある程度のリアリティがほしくなったんですよね。

なんとなく、書いていて懐かしい気分になるお話でもありました。

ゲームのシナリオライターとしてシリアスな物語も書いてきましたが、昔懐かしい泣きゲーのテイストがちょっぴり入ってる気がします。今はそのジャンルも少なくなりましたが、普遍的な面白さのある分野じゃないかなーと。


目が死んでる灰瀬とキラキラした白亜の物語、楽しんでいただきたいです！


藤真拓哉《ふじまたくや》先生のキャラデザ、イラスト、マジで素晴らしいです！　白亜の外見は、ふわっとしたイメージだったんですが、デザインが上がってきて「あ、白亜がいる！」と思ってしまいました！　カバーの白亜も可愛《かわい》い上に透明感があって、大好きです！

担当さん、編集部、この本の制作・販売に関わってくださった皆様、ありがとうございます！

そして、読者のみなさまに最大限の感謝を！

それでは、またお会いできたら嬉しいです。

２０２３年春　鏡遊

MF文庫J

僕らの春は稲妻のように

2023年3月25日　初版発行

著者　鏡遊

発行者　山下直久

発行　株式会社KADOKAWA
〒102-8177 東京都千代田区富士見2-13-3
0570-002-301（ナビダイヤル）

印刷　株式会社広済堂ネクスト

製本　株式会社広済堂ネクスト

Printed in Japan　ISBN 978-4-04-682330-4 C0193

◇◇◇

【ファンレター、作品のご感想をお待ちしています】
〒102-0071 東京都千代田区富士見2-13-12
株式会社KADOKAWA　MF文庫J編集部気付「鏡遊先生」係「藤真拓哉先生」係